童嘉通诗草

童嘉通 著

诗的花瓣

广陵书社

图书在版编目（CIP）数据

童嘉通诗草 / 童嘉通著. -- 扬州 ：广陵书社，
2023. 12
ISBN 978-7-5554-2222-8

Ⅰ. ①童… Ⅱ. ①童… Ⅲ. ①诗集－中国－当代
Ⅳ. ①I227

中国国家版本馆CIP数据核字（2024）第012040号

书　　名	童嘉通诗草	
著　　者	童嘉通	
责任编辑	郭玉同	
出版发行	广陵书社	
	扬州市四望亭路 2-4 号	邮编　225001
	（0514）85228081（总编办）	85228088（发行部）
	http：//www.yzglpub.com	E－mail：yzglss@163.com
印　　刷	无锡市海得印务有限公司	
装　　订	无锡市西新印刷有限公司	
开　　本	889 毫米 ×1194 毫米　1/32	
印　　张	34. 25	
字　　数	737 千字	
版　　次	2023 年 12 月第 1 版	
印　　次	2023 年 12 月第 1 次印刷	
标准书号	ISBN 978-7-5554-2222-8	
定　　价	150. 00 元	

奉诗为女神

（自序）

　　"来这个世界专门写诗的"，此话是许少飞先生在世时，当着众人面不止一次地夸我，也是事实。从1959年9月18日发表第一首诗《一条新开的运河》，至今已63个年头，得诗两千多首，出版诗集十一部；今已86岁，仍诗情不减，诗火不灭，笔耕不止。

　　二十年军旅生涯，打磨出我诗人品格和骨架。轰轰烈烈的上世纪七十年代，是我诗歌丰收的季节，出了两本诗集，全国各大报刊，都能常见到我的名字。

　　2004年10月10日，在蓝天大厦与洛夫先生会面，68岁的我，告别了45年的诗路，决意改道，跟洛夫走。2005年春节，工工整整抄了一本《洛夫禅诗》过的年；没有拜师，偷偷学了他18年。扪心诗路更辙，当谢谢洛夫先生的"禅诗"课本。

　　手抄本后面，还有几十页空白，这是我留着继续抄录用的。如：刊发于《扬子江》诗刊2005年第一期的"停在壁钟的某个数字上""时间在走，它不走"的《苍蝇》

和其他报刊发表的诗作，凡我能读到的，都一律抄上书本。如今会电脑打字了，仍用手抄；即使有"样刊"两本，也不"剪贴"上书，仍用手抄。我的体会：抄一遍胜过读十遍。

这一期《洛夫的诗》后面是洛夫的文《诗是情感的等式》，我已读了五遍，年轻诗人们读十遍也不为多。诸如"意象是血肉构成的躯体，而词藻则只是皮毛而已"；引用上个世纪三十年代诗人废名的话，诚告我们及后来的写诗人："新诗是以散文的文字来写诗的内容，而大部分的旧诗则以诗的文字来写散文的内容。"细想，真可谓至理名言，中国诗人应当记一辈子。

洛夫老的诗和文，使我更深醒悟有三：从诗题（《且说雨巷》《荒凉也行》等）到诗句（一粒灰尘／有多重／／这得看摆在哪里／／摆在屠夫的刀上很重／摆在高僧的蒲团上则轻／／至于不经意落在我的衣帽上／掸掉／就好了），不光是"愤怒出诗人"，"有理不在声高"，写诗也无须"气壮如牛"；淡进淡出，诗句亦如平常人说话一样，平和而委婉，或像山中溪流，不慌不忙，潺潺流淌；意象才是诗的魂魄、诗的根，把根留住，舍此，诗就不成其为诗，更谈不上令人动情，让心灵震撼。

2011年11月22日在江都，洛夫翻看过这本手抄本，很感动，当即拿出钢笔，在手抄本扉页，写下"感动，敬佩，惭愧"赠言。

先生客气，我不能当福气。继写给母亲的《母恩天高》30首诗完成并陆续发表后，瞄准下一个目标：直奔《回眸童年》而去。虽已过了耄耋之龄，仍精神矍铄，诗兴不减，思维敏捷；究其缘由，根于我原本就是那个"祖辈不识字，到我有文化"的农家子弟。农村孩子的童年，虽然贫穷但不失多彩童趣。谁料，不动笔则已，一旦开笔，童年的快乐就像一道瀑布飞流而下，《撒尿和烂泥》《新娘子摸牙》《粘知了》《背壶篓》《进城洗澡》，争先恐后涌于笔端，一年竟收获了70首，真可谓其乐无穷，自己也好像年轻了许多岁。

闲来无事，泡杯绿茶，打开电脑，以一个读者和编辑的目光，重新浏览和审度，再剪去不必要、不属于诗的元素的权枝赘叶，也不失为一件乐事。所以很多诗，我都能背诵。

在写童年诗时，基本上是一路顺风，也碰到了三块"硬骨头"，即《跳绳》《滚铁环》和《放地嗡》。难在要"跳"出诗来、"滚"出诗来、"放"出诗来。好在六十年写诗路上，我喜欢独辟蹊径，走自己的路。这三首小诗，耗时近两年，才满意收笔。童年是美好的，不论穷和富，每个人的童年都是一本书，且本本都精彩纷呈、妙不可言。今日愿将三块"硬骨头"在此捧出，是想让天底下昨天的童年、今天的童年，一同分享人之初的那份感受和欢愉，切磋童年诗的创作，无意王婆卖瓜。

谁也否认不了：古诗词是中国新诗的源头。只有吸取古诗词的养分创作出来的新诗，才有可能不失古诗词美。那么古诗词美在哪里呢？古诗词不浮光掠影，不词藻堆砌，不哗众取宠，全在意象新颖和意境开掘上下功夫，全在不刻意、不经意，诗韵天成。

《跳绳》是率先啃下来的。就因为找到了"河"，找到了"江"，找到了"网"，还找到了一个"荡"字，诗才有脉，与众不同地出来了：

> 任你将那根长长的绳
> 荡成一条河，难不住我
> 一个箭步穿过
>
> 任你将那根长长的绳
> 荡成一条江，从容展翅
> 大江上踏波踩浪……
>
> 任你将两根长长的绳
> 交叉荡成网，我就见缝插人
> 尽兴舞蹈，悄然退场——
>
> 就这样，你跳、我跳、他跳
> 你荡、我荡、他荡
> 荡成一弯彩虹，挂在童年路上

第二块啃下的是《放地嗡》。苦思冥想两年，终于找到了那个"特大地嗡"。不全景式回眸当年玩耍场景，目无那个欢乐的崭新意象，全诗便仍无"豹尾"立身：

> 就凭那根筷子长短的中轴
> 旋出雄风，立地而嗡
> 狐步划圆，悠闲而从容……

一个童话世界在面前转动!

孰料，还旋开一张张小脸如花
围观的圆圈成了特大地嗡
又喊，又叫，又跳，又蹦

最最难拿下的是《滚铁环》。解构了铁环是什么，并不等于诗就成功，它只是诗的"虎头"，一个生动、准确的比喻而已。最难还难在它的哲理挖掘：一旦被我锁住了滚与不滚、不可原地踏步、更不能倒退，诗之魂有了。铁环如此，人生也如此，诗便大功告成：

睿智而聪颖的祖先
取日之圆、月之圆
合成一个金属的圆环
陪伴子孙滚动童年

前拉，后推，掏螃蟹
爬坡，上坎，急转弯……
无一能阻拦

将每个太阳、十五的月亮，滚圆
将每天的笑容，滚圆
儿时只顾玩，彻悟猛然间：
滚铁环，只能向前!

顺便还得提一句，自我体会写童年诗不光需要一颗不泯的童心和还原童趣的灵动，更要着意童年诗的提升。比如我在写《掏麻雀窝》时，如果一味止步于童年玩耍"掳走雏鸟"，那就扬不张、弃不舍远远不够了，必须很严肃地告诉童年："破门窃子是罪过"，让过去的童年惊心，让现在和未来的童年怵目。

　　话题回归学徒。走进洛夫诗里，相对而言，还比较容易：读洛夫的诗，抄洛夫的诗，洛夫的奇妙构思、独特意象、警言警语，都能收获于胸；想从洛夫诗里再走出来，走出属于自己的一片天地，那才是最难最难的。诗集《诗随古运河流淌》，是我近几年作品，就是从我最熟悉、生我养我的古运河走笔，奋力前行；诗有洛夫的味道。2019年聚会，叶橹教授指着我刚发表的五首《湖上的桥》中《五亭桥》说："这里不是蛮。"

　　人老了，走路会踉踉跄跄；我的诗，不准滑坡。

　　诗乃我命脉，奉诗为女神。

　　是为序。

童嘉通

2022.9.18

目录

诗集未辑

童嘉通诗草　诗的花瓣

烟花三月

花的山
花的海
花的旷野
花的世界
数不清
千种赤橙黄绿
万种青蓝粉黛
哦，故乡
如此多姿多彩！

柳的烟
槐的烟
紫藤也爬出道道嫩红
万木腾起绿茵团团
碧水的淼
原野的浩
都汇成美的朦胧
各自飘出袅袅……
衬出古运河不老
托出故乡的笑

三月
春回大地
神州处处万花筒
唯我故乡的杨絮柳烟
居众城之首

2002.4.14

裸　树

晾出所有的凸
也露出所有的凹
一叶不挂

不觉着心中哆嗦么？
麻木了的枝枝柯柯
宛若活脱脱干尸一具
早已测不出风紧风轻
裸者：赤贫！

尽管赤条条而来
终极又赤条条而去
正值绰约花季
一览无余
哪儿再找到星点的美呢？

不要仰慕那些匪夷所思
魅力真的全源于此？！
造出公母雄雌男女
都怪上帝

哦，树公也好
树姐树婆也罢
经不住严冬肃杀的那份羞涩
春派绿叶使者呵护
才不做风流寡妇！

当和风吹拂阳光遍洒
你舞也婆娑
歌也琅琅
挥手蛮荒，回归文明
周身笑出了神韵

1999.4.12

亲亲河边草

青青河边草
亲亲河边草

从琼瑶的电影里走了出来
从琼瑶的歌词里走了出来
许是电影曾在古城拍摄
故乡就让这句歌词生动
生动得如凝固的绿色瀑布
沿着河西岸向南悠长

小鸟爱在这里啁啾
人们爱在这里悠闲
任你心中涨满春潮
不要问小草从哪里来？
古城在德德玛的故乡
剪来草原一角……

河边草沐浴千载春风
才漾出今天层层绿涛
满目绿色的金子

谁见了让谁自豪
不远处，一块太湖石路边突兀
不是广告　也是广告

亲亲河边草
青青河边草

2002.10.19

古运河鸟瞰

作一只百灵
飞上蓝天
借白云垫脚
拨响梦中琴弦——

古运河从茱萸湾转弯
先向西　后又向南
贴着古城絮语衷肠
涟漪是微笑
浪花是标点……

沧桑两千五百年
难比这五十年变迁
两岸玉石栏杆
垂柳随风翩跹

往日河畔矮屋席棚不见
绿树红花铺出崭新画卷
横在河上的几道彩练
舍去摆渡两岸穿针引线

再不靠船篙撑早撑晚……

让人凝目的东关古渡
城墙不见渡口不见我的小学不见
立一牌坊庄严
留给明天　留给后人感叹

临河几条外街废黜也罢
将宽度交给通衢裁剪
古纤道只留存桥下栈道空悬
纤夫早把他那双脚板拉出地平线
晾干成一声汽笛呐喊……

我在云中我在天地之间
天地合一令人千番流连
银河运河都从我心上流过
星星闪烁　帆影片片

百灵鸟给我一对翅膀
和一副金嗓
古运河像一条项链
运盐船运来邗上繁华
如今拨节出：天上人间

2002.10.18

河畔行吟

数一数，也该有
几百条破船
大半截身子上了岸
船尾仍悬于水中……

一块贫穷的补丁
就这样锔在运河边
千年，无亮色修改
任其散落：窝棚

经月亮橡皮擦
百年擦拭
终擦去心中之痛

一场冬雪过后
居然冒出草绿花红
美得柳丝儿扭动

河还是那条河
天还是那片天

锁不住的是春风

2003.10.20

古运河的节日

2007年9月，在古运河扬州东关立一碑石，适逢世界运河城市市长在古城云集。

——题记

一
沉于古运河底的
那本千年史话
终于浮出水面
经秋风构思
古纤道上
依然站成书卷

条条龙舟画舫
朝朝君臣粉黛
"运河之父"夫差……
站出画面
伸手撩开柳帘
侧耳今人将功过圈点

古运河与时俱进

亮出一张存放千年的名片
不吆喝自己
为千千万万挖河庶民
招魂立碑
功德与运河同在

看不够的帆影片片
抹不去的岁月千年
古运河在花岗岩上流淌
北京至杭州的血脉
从春秋、汉、隋……
一直流进了今天

二
就凭这张特殊请柬
一只展翅的吉祥白鸽
作古城使者
飞向巴拿马
飞向苏伊士……
将所有的运河城市市长们请来

古运河成了水上的街市
震天的岸上锣鼓
如虹的水上彩带
尽展节日风采
许是龙舟迎送过太多朝代

而今只乘载友谊与和谐……

宾客是客更是主
都是水边上的后代
拉着各自的母亲河
乐滋滋将馈赠的那把金钥匙
不停地在手中摇摆
似在挥毫抒怀：

神奇的地上银河
几千年不枯不腐不衰
能带走你的录像
带不走你器宇轩昂
思念，就插翅飞来
口袋里有钥匙将门打开……

2007.9.28

小巷总理

踩着一位伟人脚印
那枚五个字的红色胸章
早已挂在你心里
成了一面信念的旗!
鼓起奋进的风帆
春播的犁
——"小巷总理"
高高举起

……回眸世纪:
琼花吐蕊,运河试笛
隋宫收谱的那支《广陵散》
散而不散的四十五段古琴曲
越千年时空　又回广陵
演绎《小序》《大序》
序一位位巾帼从巷中翩然而至
笑脸,恰似三月杏花雨……

哦,多弯多拐的扬州小巷
弯拐出一个多姿多彩的你

哦，名声在外的扬州小巷
走出了一个闻名遐迩的你
是属牛的共和国
教诲你眷恋土地：
不要以为它　只是洗不净的草鞋底
万丈高楼必须靠它作根基！

也许，你从事的事业
都是些婆婆妈妈、鸡毛蒜皮
眼睛一睁，忙到点灯
金子般品格感天动地！
也许，为了小巷的青枝绿叶
你原本就心甘情愿作泥……
一架从北京伸延来的金水桥
虹进了人民心里！

你梳理千家愁绪
爱听万户平稳呼吸
几十个姓氏都是你的亲戚
——老辈是父母
——长辈是姑姨
——小辈是兄弟
条条小巷是古城根根血管
广陵新潮从小巷深处卷起！

也算得一方当家的人

张家墙歪，李家屋漏
你冒雨飞蹬自行车
还拖着雪中送炭的情意……
总爱借用战士的话：
"这是咱前沿阵地！"
难怪马尼拉也知道扬州出美女
"小巷总理"，不点也心有灵犀

一颗心深埋于街头巷尾
人生大幕上只有六个字：
平安　和谐　美丽
认准的路，就是离弦的箭
九头牛也拉不回　你铿锵步履
"小巷里什么都管的公仆总理事"
扬州记忆！
中国记忆！

2010.1.6

香港来信

这是在自己国土上、异国屋檐下
邮给你最后一纸屈辱证明
那几道水波纹杠杠的邮戳
戳着肉戳着心戳了我们三代人

大陆孙儿们甜水里泡大
悟不出香港繁华的底蕴
那就留着它权作教科书吧
诠释"殖民主义"条文

1997.5.15

江南渔父

——写给画家陈忠南

江南村道上
蹦出一个小小渔父
以笔为梭
穿经织纬
把故乡的河故乡的路
统统网住

和太阳一起数
和月亮一起数
和星星一起数
一条条五彩的鱼
一只只活蹦的虾
一颗颗璀璨的珍珠……

如今
渔父早为人父
手中那支画笔
也长成了参天大树
摇三月的风

洒烟花的雨
搬出客厅罗底砖一块的
画册
不托挂果
权作五十年学业证书

渔父江南
跳过农门的鱼
江南渔父
一条画家的路

2005.1.5

钉子·字丁·月亮

——写给丹麦汉学家易德波

至今也未弄清
父亲　让你去法文里读中文
许是缘分　校园旁
一家小小中国餐馆
餐馆老板是扬州人
不但为人友善
说的扬州话　也很好听

欲想于汉学有所建树
必置身生长汉语的土地
小小女子
毅然踏波来扬
将那颗生命的钉子
钉在了
扬州评话这棵树上

几十度燕飞燕来
钉在树上的那颗钉子
经数度春风

鲜活而茂盛
并裂变式繁衍子孙
长出了几百万颗字丁
钉满你厚厚几本书……

人说
读你专著
把你读成了中国人
读成了扬州女儿
每个字丁都晶莹剔透
经辨认：
皆为扬州的月亮

2009.10.10

秦观铜像

折断近千个春秋
思念的浪涌
终在词牌与词牌的间隙
冲开一条路
你昂首步出文游
鞋帽依旧
表情依旧

任风吹拂长袍下摆
总拂不去被逐之辱
词韵之弦断在获赦路上
魂兮归来
是故乡又给你一身血肉

如今站在路口
日观车水马龙
夜数车灯星河
词，在眉宇间闪烁……

至于长河在你脚下分岔

你坦然笑之：
人各有志
清流　清波
浊流　泡沫……
脚下的路
全由自己选择

人们读你
如词
依旧平平仄仄清清瘦瘦
你为生你育你的衣胞之地
拔节出巍峨

临别，你用明眸示我：
把种子埋于土里
绿色就不会死去
把自己埋于百姓心里
生命才得以鲜活

2006.3.30

封冻的小河

西北风为小河镶上一块玻璃
嵌得严严实实
不留一丝儿缝隙
封存
飞舞一年的浪花
微笑一年的涟漪

可西北风哪里知道
小河流淌着孩子们的秘密
歌谣藏在小河心里
愉悦藏在小河心里

找来冰块撞击
凝固的浪花满河溅起
捡块瓦砾撇去
牵出一路雀跃莺啼……

感谢冬季，小河
乐滋滋将童心托举
或跑或跳或抽地陀螺

都能划出心中美丽
站在小河上的姿势
交给相册去收藏记忆

2008.1.16

茶马古道

总以为你
也像《康定情歌》中的老阿爸
二十多集电视剧
唐国强就由小走到老
白发飘飘
门牙脱落

你已越过千岁
亦如垂垂老者
驼背哈腰
个头往地下缩
往日的青春年少已
干瘪成条条……

今日有缘相见
依旧一条长长的土布织带
在云中飘
在林中飘
在水中漂……

山涧本无此道
深谷本无此道
沟壑本无此道

脚印踩着蹄印
岁尾踩着岁首
马帮用生命之绳，才
拴住大山的腰——

而那时而清脆、时而低回
远了又近、近了又远的驼铃
隐隐又从云缝中摇来

铃声虽青苔裹持、藤蔓缠绕
依旧溢出茶的清香　摇响
西南边陲那支歌谣……

2007.7.1

雾里青青

——记皖南山里的一片叶子

欲辟一条崭新的茶路
当学黄山的雾　将
天赐的高度宽度温度湿度
拦腰　统统锁住！

锁住一山茶林
就锁住了一年富庶
锁得一个品牌
就锁筑起一座金库

一山仙人的寓所
石垒的台子为旗
矮是矮了些　无碍
依然一轴秀美画图

也有泉水叮咚
也有竹海林海
更有满山叠翠
——酷似祖母绿

雾纱裹出仙境
缥缥缈缈　时隐时露
几代人呵护的雾里新绿
终　蒂落瓜熟

置于杯底的几片嫩芽
滚沸中表情丰富
舒肢展臂　踮起足尖
似在演绎徽版《天鹅湖》……

沉底的，如诗如画
上浮的，似伞似花
杯口腾起的袅袅薄雾溢出
色香天下殊

出于绿而不失其绿
雾里有青春常驻！
跻身徽茗顶级T台　石台村姑
迈出走向世界的脚步！

2009.7.28

慈寿塔

就像一个孩子
站在大人肩上
伸出右手指指划划
清点家门口
自西而东流动的长廊

一天，突发奇想
再不劳神点数、盘账
借明月为镜
录下渔火万点
借红日为镜
摄下千帆浩荡
至于藏在水中的鱼们蟹们
就算是人间天堂
任它们自由生长……

正值出神瞭望
江北那座城池，谁知
相机将你同大山定格
白云裹着你湿漉漉话语

托大江流向四方：
是金山把我举得高高
古城给了我生命辉煌

2005.11.26

南山放牧

绿色的导游小旗
幻化成一竿羊鞭
五颜六色的我们
就差四蹄奔逐
放松五脏六腑
南山放牧

啃过读书台的书声
啃来招隐寺的暮鼓
一切都如此美好
真想把整座南山
一吞下肚

认定南山必通南天门
队伍又在山道上龙飞凤舞……

2005.11.24

芙蓉楼

双脚刚刚跨进西津门槛
一抬头，顿觉天宽地宽——

金山、焦山立柱
南山、蒜山横梁
于是，拉开心中卷尺
仔细丈量
量得人欣喜若狂：
384.8平方公里之厅堂

碧翠欲滴的楼顶
真可谓郁郁苍苍
除几尊塔尖插入云中
挤满了万紫千红的海洋
(本也想
平平常常轻抹淡妆
花儿们不依不让)

这才让我读懂
长河流经千山万壑

一直未能如愿
流到此处眼睛一亮
携手第一峻峭
联袂打造出天下第一江山
让世人品赏

漫步楼台
终得楼名出处：
二百六十五万朵芙蓉花
一半刚直如木
一半柔美如水
醉了塔影湖的塔
壮了大江上的浪……

2005.11.30

圌山炮台

忍痛在身上挖出三个窟窿
藏二十门天雷火球
复仇

山河破碎
版图被囚
面对穷凶恶煞的倭寇
你，万发炮弹怒吼——

被删被囗的瑞山
山魂依旧
炮击出王者风流

如今，花花草草
抚平你伤口
一阵风过，凹陷的肌肤
凹得人泪潸心揪——

一位退休的老兵立正
向你军礼：

永不退役的炮台

和你那支滴血的歌……

2008.5.25

狗年狗语

命运多舛
一夜间
竟让自己认不识自己
千年守门为奴
而今跃居府第上席
小的呼我"乖乖"
老的唤我"孙女"

受宠不惊。谁说
秉性无法迁徙？！
狗屎运说来就来
梳洗打扮
戴帽穿衣
享受比人还人的待遇
再不靠他们的遗矢
充饥……

从不愁壮年被屠
病死老死都有墓地
收获几把伤心泪水

权作祭祀礼仪
比起明年的猪儿
骨头都要熬汤
我也算得上皇帝
汪!
汪!
汪! 汪! 汪!

2006.7.22

维纳斯的女儿

——题一幅艺术写真照

从一尊雕塑中走了出来
走出妩媚
走出苗条
走出动人
走出有血有肉
走出有情有感
舞着春天的风
翩翩于一块古老土地

都说你是维纳斯的女儿
将残缺美长成完整
是越过大洋飞来的么？
双翅未收
左足尖刚刚着地
突兀一对丰乳

请别把它比作两座坟墓
也别把它比作一对夜光杯
你佯装眯眼

一任那些
五千年还未长大的孩子
吮吸……

                    2003.2.16

诗画人生

——写给一位定居国外的战友

你站在地球的那一边
我站在地球的这一边
二十多个春花秋月
就这么相反方向站着
思维和观点并不对立

头发先黑后白
肠胃宜进粗粮
你在那边画中国画
我在这边写中国诗
也算撑起了一片天空

说是相互踩着脚板底
纵隔万里亦忽略不计
战友依旧零距离
浓于水的血脉如箭
穿越时空，谁也无法拦截！

无须苦恼归根落叶

地球仅只一个小小村宇
一阵思念的风、乡愁的雨
足以将海外游子的魂魄
统统收回故里——

哦，你在地球的那一边画画
我在地球的这一边写诗
那根越洋电话长线
是黄河母亲皴裂的手
将儿女的思绪捻细……

2009.4.2

情难了

踏上你这片土地
满眼"小香港"神奇
一切都那么美丽
张张笑脸是冬天的太阳
记忆中的那只柿子
依然在笑争中滚来滚去：
广东话的一角二
普通话听成一角一

最是那粤曲大戏
好看至极
不通戏文
却通乐律
那沁入骨缝的衬腔拖腔
宛若天河流来的小溪
不闭目摇头晃脑细嚼
难得真谛

是梧州的大街小巷
铺出我人生之旅

待我如亲的梧州人
老的是父母
同辈是兄弟

江城新一代
可能不知我为何许？
没关系
白话是我第二母语
没有代沟也没有距离
我熟悉这里的每棵榕树
和他们大山一样的儿女……

2007.2.21

嫦娥奔月

总以为是三角尺，圆规，曲线板
绕着一个蓝色的大球画圈圈
画了小圈画大圈

还没圈上几周
笔尖生电，急步追索梦幻
把自己射向遥远——

遥远的那颗小球
自有它恪守路线，曲线板
转出弹簧式伸延……

哦，我分明在读古代神话最新版：
黄皮肤黑头发的黄河少年
去太空滚铁环

滚了圆圈滚椭圆
一拐钩，飙向那颗闪亮
再滚椭圆滚圆圈——

恋了千年
奔了千年
铁环终于滚到你面前

慢忙零距离
那颗大球是你的太阳
你是我的太阳

2007.11.6

屈　原

民不聊生
你夜不能寐
生身父母的万众
怎忍刮髓？！

楚国不保
你撕心裂肺！
故土家园
岂可拱手让兑？！

呜呼！《九歌》，无歌了
《天问》，也莫问了
当朝奸佞无心兴邦
心中，只有龙袍和富贵

被逐无悔
以死铸铮铮铁骨！
江河呜咽
苍天流泪……

爱国何罪？
屈原不屈！
民族，因你自豪
诗歌，因你壮美！

2009.5.22

巷陌·幺女·明珠

着一袭旗袍
扎几根锦带
栀子花一朵，香了鬓边
那双百叶底缎帮绣花鞋
款步丁家湾小街
猛左拐——
认定又窄又细的大树巷
是你转身宅院

幺女从此不见。
58号弹丸地
盘出廊桥遗梦
盘出幽谷巉崖
诗在谷中绕梁
画幅任你剪裁
白昼也美如静谧之夜
——一派天籁！

危峰耸翠，浅画成图：
口渴，露就来

异想，天就开
腾龙游蛇的一堵墙
园子又有了园中园
桃形门是门更是梳妆台
镜子里边，梳出丹桂飘香
镜子外边，梳出九狮出山……

洞道蜿蜒，似断又连
让你辨不出起点、终点
是幺女留下的盘山磁带
要后人记住：
往事岂能如烟？！
"小"子里藏着一个大世界！
桐韵山房琴瑟
正破译幺女坦荡胸怀……

花墙隐约，水阁枕流
留下天然，留下自我
不同别人比宽广
不同别人比富庶
水流，云在
鸟飞，树在
人走，茶在
且百年不凉、千年不衰！

清人题写的三个字

镶嵌月门门楣
盘山磴道告诉我：
玲珑剔透的扬州幺女
聪颖超群的扬州幺女
人见人爱的扬州幺女
中国园林的掌上明珠！
"小盘谷"就是她的名字

2009.12.25

互换称谓

——殷勤和小盘谷诗意

论年龄
小盘谷对你而言
是奶奶

搀着你的手
漫步园中每一寸土地
将每一块山石熟悉

你依偎奶奶怀里
吃在奶奶怀里
住在奶奶怀里……

也到了当奶奶年纪
殷切的心，牵动奶奶数码记忆
如倾家珍，倒进你心里——

你用勤动的脑勤跑的腿勤劳的手
一张嘴，不畏天高低
俨然当起奶奶护孙女……

小盘谷历六十年迎来春天
昨天的孙女、奶奶
今天的奶奶、孙女

2009.12.26

圆圈·摇篮·花苑

说近，也近
说远，也远
秋冬春夏三十年
好像就在昨天——

一位老人
在中国南海边
画下一个圈……
从此，春天有了故事
唱出了民族的呼唤
也拨动你心中
那根赤子琴弦

一个圆圈？
分明是摇篮！
摇出一个深圳特区
效率就是生命
时间就是金钱

你如获至宝

将那个圆引来古城
放在哪里
都能摇出春意盎然
奇葩千姿
阳光灿烂！

翻阅历史：
惊世的邗沟不见
破瓦寒窑
蜂房蜗居
镉满了补丁的母亲河边
低矮潮湿的棚檐
一张张没有笑容的脸……
古城欲哭无泪
强忍着满腹心酸

是你竖起标杆：
"房产"要"管"
更要"理"出产业链
摇篮里不赢利
当一回守护神
日夜呵护平民的期盼
权作夙愿——

摇西，摇东
摇北，摇南

三十个冬去春来
摇出广厦万间
星河般璀璨!
迎盛唐回归
让繁华再现

你不就是那散花的天女么
漫天花瓣　全都
飘成了黛瓦片片……
你高擎复兴大旗
昂首前行
从不哀叹
脚印里
飞出老百姓推杯把盏
共庆和谐人居的
笑声一串

为了低处生存的人群
你踩碎多少闲言
才跨进而立之年门槛
——正值青春年少
一架峻峭的山
"花苑"成了雅号
也托出你
藏在心底的眷恋:
人民是花

古城是苑

共和国是我们美丽的家园！

2008.12.8

诗为己丑一轮歌

我属牛
一九三七　丁丑
共和国也属牛
一九四九　己丑
村子里敲锣打鼓
人们欢天喜地
我看见共和国
在乡亲笑脸上诞生
在金秋里奔走……

几近荒芜的大地
几近破败的神州
望眼欲穿的四万万五千万同胞
听到了湖南乡音庄严宣告
仰望北方那座城楼
歌声发芽
笑声吐蕾
黑夜终于走到了尽头
挤进游行队伍
我扭起秧歌

新生的共和国

一坠地　不容片刻喘息

就当起拓荒牛！

三座大山虽被推倒

耕者无其田

工者无其厂

受苦的人民还要活下去

百废待兴

不辞辛劳

拓荒牛泾渭分明

犁开一条条建国大道……

三十而立的共和国

从踟蹰中昂首

于南海边画下一个圈的可敬老人

让种子趁春天萌动

故事从春天舒袖

打开窗户

拆掉栅栏

全世界的目光

都聚集于古老的黄河边

青春的共和国

——一头奋蹄的牛

为民族的崛起和复兴

不卸轭头

垦荒依旧！

外国有的
我们要有
外国没有的
我们也要有
屹立于世界民族之林
不再是写在纸上、喊在嘴上
五星红旗
在联合国门前高高飘扬
聂耳的进行曲
在广场上空飞歌……

呵，己丑一轮
仅只历史长河一瞬
共和国就将
十三亿人民的信念打造成
十三亿头勤恳之牛
强国
——靠奋斗
富民
——靠奋斗
兴家
——靠奋斗
汽车、洋房、好日子背后
都衬着或垫着同样两个字：
奋斗！

斩棘而行
蹈火而行
诗为己丑一轮歌！
从南湖捞起的那弯新月
至今仍在田野上收割
在井冈山煅打的那柄铁锤
至今仍在手中劲擂
为了把中国的故事
演绎得春天同美……

2009.9.7

怀念军营

母亲用一张
充满火药味的报纸
折叠成摇篮
尽管已过了花季
依然将我放进里面
摇啊摇
一摇就是二十个春秋
摇成了壮年

当我眼睛闪亮：
边陲战士是山上的山
巡逻道连着万户炊烟
海防哨所是祖国门锁
才发现摇篮周边
长出了我诗的小草
宛若一只只萤火虫
更像绿色生命里
拨响的琴弦……

饮令军号

抱枪而眠

人生有这段铁血之旅

路　就不怕拐弯

诗　就会呐喊

百感交集

百年依恋

突发奇想网上查探

鼠标惊喜：

经度纬度交汇点

——阜外大街34号

摇篮的坐标没变

2006.12.9

领飞的雁

——致诗人李瑛

七十个春秋于诗的天空展翅
一拨又一拨诗雏，尾随投师
绿色军营噗喇出一队雁阵
个个青春虹霓，矢诗不移！

您将他们唤作战友，称之兄弟
并肩，翱翔为一支特别师旅——
同为长城上一块城砖
同着征衣，军魂同系！

拍翅边疆、哨所、海域
用诗的乳汁给他们以营养
用诗的品格将他们诗绪梳理
让军旅诗与枪刺并立！

《静静的哨所》《红花满山》
《早春》《在燃烧的战场》
您从心底呼出《战士们万岁》
士兵爱您，抱着书走进梦里……

您领飞：诗是您的第二祖国
雏随后：学您冲天学您搏击
时而成"人"，时而为"一"
悟出：诗品源自人品的真谛

编队飞行，不为炫耀、放大自己
亮出答卷，交人民监督、审批：
"一"乃士兵的横天兵器
"人"是箭镞，借蓝天磨砺……

至今还难忘那个颤抖的冬季
您彻夜难眠，任凭潸潸泪滴
沿长安街涌出《一月的哀思》：
灵车，向西，向西……

呵，雁阵至今仍在飞翔
盘旋于共和国南北东西
捧着读着您五十多本中文诗集
不言中，读到您高举的旗：

诗的羽毛应该而且必须变异
不变的诗的天职和诗的犀利
诗人，应无所求又无所不求
趴在地上，才听得草根呼吸！

诗是诗人生命的唯一竹笛

传播美、自由和人类的希冀
学垂柳俯首　终生垂向大地
虚怀若谷　方能超越自己

雁阵已风雨了半个多世纪
拍翅东风，阵容依然美丽
多数虽卸却戎装，不卸诗心
花甲、古稀，仍战斗不息——

慰藉信念不死，为诗痴迷
他们光荣此生，千载难遇
跟着您、学着您捕捉诗意
生活底层才能挖到闪亮诗句！

世界上所有军营找不出第二个您
如此恢宏大度，如此辉煌业绩！
戴不戴诺贝尔桂冠已不重要
诗坛常青树已翠绿在人们心里！

瞭望雁阵，亦有零星半途退离
或许，深感飞翔已无能为力
雁阵中，也有领军新的雁阵飞起
学您沉稳、庄重，翱高翔低……

敬重您为诗求精，为人平易
认定：诗也是他们的第二祖国

雏雁的年轻，虽被岁月留在远方
壮心不已，跟着您朝明天飞去！

2009.1.23

三十三年未成婆

认定这是一块适合你的土地
才将自己作种子在这里深埋

委身辛劳了三十三年
也不是没生儿子
也不是没娶儿媳
也不是没添孙男孙女

双鬓斑白，依旧忙里忙外
始终不能将媳妇的影子甩开

其实，庄上人早就明白：
你嫁错了土地埋错了门牌
此户，只生长公太爷
不生长婆老太……

三十三年也没能熬成一个婆婆
再过三十三年，土质未必能改

2009.6.16

故宫来人

古城
木香小院的花儿告诉我：
京城
故宫来人

一位比我年长
一位较我年轻
我居中间
正好将二位挑着
孰轻？
孰重？
扁担在肩上稳若天平
不倾不仰不挪分寸：
皆为蛛网般艺术年轮
无须辨分！

他们都有一支神奇的笔
于篆
于隶
于狂草

字字显山
行行率真
就差要捧出歌声、笑声！

调和生命的色彩
或花鸟
或山水
或仿古
别具灵动
气韵天成
一柄小小的雕刀
将肤浅的世界
凿深！

他们的洞箫认识张若虚
他们的横笛娴熟《姑苏行》
而他们的琴之弦
是放飞梁祝双蝶的那根绳……

哦，故宫来人
古城欣喜张灯
二分明月夜幕上
平添两颗璀璨星辰

2007.5.23

崖壁悬棺

只装一根火柴的火柴盒
被吊上崖壁
吊进洞穴

让最后一滴尸水滴尽
躯体风成干瘪
脚朝里
头朝外
祈求天火一击

未能如愿
并非悬案未决
那颗湿透了的火柴头
再也划不出一粒火星
天堂之梦破灭

千年悬一回
并未悬出出人意外
无非身价不跌：
死了也高人一等

2006.1.10

鳝之劫

总以为
我不犯人
藏匿河塘一隅
用嘴啃
用头拱
掏一孔泥瓮
当个独身白领
门槛可进水出水
门楣有青草遮掩
虽不能成龙
洞口昂首
倒也天蓝云白

今有蚯蚓蠕来
岂有不食之理
猛一口
感觉不妙
吞不下也吐不出
自知咬住了死亡
被阳伞骨磨成的弯钩钩住

直挺挺拖出家门
为囚

总以为
一身黏液
不比泥鳅逊色
再添一点菜花的黄
泥土的黑
扮成不是蛇的蛇
吓得住妇孺
难逃三根指头
架起的锁
拦腰生擒
像逮住贼一样
就势将头在木盆边猛击
还未待我苏醒
剪刀断颈
开膛剖肚

残骸喂猫
鱼骨碾粉熏蚊
轮回的梦
荡然无存
砧板成了断头台
也算是墓碑

2005.2.8

人有不同

人有人不同
花有几样红

活着
有的人坐车
有的人拉车

死了
有的人过诞辰
——生的伟大
有的人过冥寿
——没活够
到阴曹地府去凑……

2008.11.19

秦俑之泣

从深深地宫被拖出
乍见骄阳
只好闭目

肢残臂断
癫癣处处
由地下升格地上
被抬成一个高度
依旧方阵祭祀
说是给今人阅读……

商家竟将历史复制
芯片手术
令我举手投足
怎忍对两千多岁老者
开膛剖肚？！

被时间埋得越深越说不清楚
俑者的命
真苦

2006.9.22

《打虎》上山

——写给扬州评话表演艺术家李信堂

扬州没有景阳冈
却有蜀冈
扬州的那一只大老虎
亦非毙命于冈之上
是在教场九家书场的书台
被活活打死的

谁也不会相信
古运河畔
出美女的绿杨城郭
竟也出打虎郎：
一对铜铃的眼睛
一副绕梁的金嗓

如剑舌尖
靠两片唇的磨石磨砺
炯炯目光
汇聚了盲父的向往
书山攀崖，连名字也改掉

踩着那行崇敬的脚印而上……
六十年《打虎》上山
从未见你下山徜徉
《打虎》打出了国门
一颗心依然拴在牌坊巷
大师九天有知
亦为你鼓掌

老百姓的书台乃活水流淌
至今仍不见话本清样
你憨厚得那么谦和：
评话秘诀于身传口授
艺术之川同大江大河一样
无须舟楫导航……

2007.12.15

伟大的父亲

小手搀着父亲
搀着一家人的希望
走进江北江南书场
听父亲说书　心仪神往
任艺术之绳捆住你一颗童心
捆进了评话长廊……

双目失明的父亲，心里亮堂
认定你是棵书苑栋梁
胸襟大江般坦荡：
将你推出书外
从属父辈的名字也推倒
推给另一门第同行……
推出一个崭新的你

哦，你搀着双目失明的父亲
双目失明的父亲也搀着你

2007.12.18

长高了的村庄

从念别野到念别墅
差不多用了二十年工夫
至今仍觉得拗口
不就是郊野土地上
推倒矮屋
抹去陈旧
竖起别具一格么?

把人叠入半空
耕地确实省下不少
眼界也宽了许多:
越过玉米地
越过芦苇滩
望见了江南……

毕竟是抱成团的穷弟兄
秉性依旧
日子富了总想唱唱歌
红彤彤鞭炮一炸
搭梯子造楼——

活像一个模子里倒出

黄琉璃瓦

白瓷砖墙

横陈一道岭

竖看座座岗

幢幢脊檩不出头

一户一户

手搀着手……

2006.6.24

遥远的歌

这是一支遥远的歌
半个世纪仍萦绕心头
没有歌词
没有曲调
只有铿锵的锣鼓
和舞动的长绸……

这是一支泥土的歌
像树的年轮刻成的唱片
没有豪言
没有壮语
都是些树皮般的脸
为土地新生而歌

这也是一支纯真的歌
伢子跟在大人屁股后
扭秧歌
光着脚丫
挺胸昂首
小屁股一歪一扭

扭向新中国……

2003.10.1

焐出春雨

将那片
结满油菜籽的
绛紫色的云
很整齐地对折成四
连同塘边
那棵湖桑的根
一起焐在心口

任你去跑去跳去蹦
最好汗流浃背
架起柴烧
不出几日
胸口就有蚂蚁爬动
春在舒展……

春分已过
棉袄尚未脱掉
怀里那片冬云已消
未闻雷在半空驱车
却见

满纸春雨淅沥

2005.3.11

乡　愁

像一只陀螺
在自家院子里
麻天木地地转了几十年
待停下，竟读不懂
这片熟悉的天
——老房子不见
——父亲不见
——母亲不见

院子里两棵老槐树
被锯倒，打了两副棺木
苦雨从心上喷涌
眼角成了出水的沟檐……

祈求岁月之鞭
将我逆方向狠狠抽打
头晕目眩也好
面色惨白也好
打回我的童年
吃妈妈用脚炉盖在锅膛

炕熟的几粒花生米

2003.10.13

复制中农

我把我们家十三亩半土地
照原本模样　按比例
浓缩于一只长方形大花盆里

这一块点豆、种菜
那一块耧成瓜垅
待季节在树枝上转换
齐刷刷
长出了一个中农

并非要抱住那穷日子
当思念跌进忧愁
泪雨中
又看见我们家那头老牛——

鼻喘粗气
浑身湿透
嘴角挂满涕涎
滴遍沟垄
滴红我眼圈……

我扶犁梢学步
不敢吆喝更不忍举鞭
默诵老牛诠释的世间经典
——任劳任怨

复制远而不去的昨天
让自己回到稚年
重温父母老牛般
躬身田间……

2007.4.28

一场微笑的战争

大约在冬季
一场以童子军为主体的战争打响
于嬉戏中宣战
没有敌我
只有对方

兵工厂跟着脚步迁徙
兵工厂只提供子弹
每个士兵的臂膀是枪！

双脚踩得大地吱吱作响
手雷满天飞舞
真可谓：天下大乱……

战事从不流血
更无伤亡，只流汗
顺手还将严冬甩过了山梁——

一场铺着洁白地毯的圣战
胜也若狂

败也若狂
全世界都有战场

2008.2.1

街头茶水摊

乘哪朵白云又飞了回来？
依旧五十年前装扮：
——一张桌子
——一个筒子
——几只杯子

戗块牌子
倒好几杯凉茶
杯口都罩上小小玻璃
依旧旧貌旧颜

多户志愿后台作柱
无人出头也无须老板
茶水管饱
——不收钱

捧杯方掂出分量
车轮都能滚成金币的今天
茶水摊
含笑路边……

2009.8.13

陀　螺

整整被抽打了六十年
风舞长鞭
雨舞长鞭
转得头晕目眩……

耳顺之年
总觉耳中有痂
转出两万多个圆圈
风呼我呼
雨喊我喊
无一是自己想转而旋

任凭风甩长鞭
雨挟雷电
抱定一个悔字
朝着抽打方向逆转
转回零点……

挨刀劈成两半：
无血可滴，剖面

几根年轮纵线

宁破不弯

2006.1.5

电视卫星天线

挖开乳沟
挖出肚脐
还准备挖向哪里？

你仰天呼号：
艺术的金矿
就如此廉价被淘？！

不就是一场沙尘暴么
沙得舞近狂癫
歌成吼叫

田野虽未枯槁
草多禾少
稗多谷少

无奈
只好将饭碗举过房顶
向上苍乞讨——

哪怕一阵松涛
或云缝
漏下一声鸟叫……

2008.4.17

遥控器

小小草民一个
平生只识三个字：
真、善、美

此间小屋
我说了算
我是国王
一切在我手中掌控

小小五彩荧屏
乃国之天空
不容恣意侵犯

有悖那根看不见
却又不能碰的底线
——一律抹掉

恨、骂当歌
老古董、老朽也好
杀人刀也好

统统付之一笑

我在恪守
一个公民的权力

2008.4.21

叫花子多了

追逐金币的疯狂脚步
越堆越高的水泥积木

瞳仁早成了两枚铜钱
再不识钱之外的春秋寒暑

做人似乎也有了新尺度
心系纸鸢乐于半空飘浮……

于是，穿金戴银，衣衫褴褛
同为丐帮，锥心戳目

2008.4.17

贞节牌坊物语

损心丧德
守寡一辈子
死了，还被人锯成两段
留下赤裸的下半截身子
站在村口
站在乡口
站在镇口……

一站就是百年千年
说褒
实贬

与其活卖人形
不如站成骨架

2005.12.27

芦柴花

说你是狗尾巴草进化
说你是野山竹退化
谗言只当肥料
泽国土著居民
春抖一滩绿绸
秋铺一滩绒花

江映翠碧
河嵌绿廊
如椽大笔仰天而抒
尽书故乡天宝物华
最是那
撩人心弦的芦管嫩芽
借一节放于口中
呜里哇啦
吹吹打打
童年被吹着回家……

一支民歌托着你
款款向世人走来

亮了天地
艳了朝霞
认定茉莉花是你幺妹
不然，缘何跃上你
溢香鬓发？

打开传说
诸多版本都有同一幅画：
庙神于江河湖汊漫步
随手一扬
撒出你这仙女的女儿……

2006.8.26

江边诗情

卷起金湾河苇滩的绿
作巢
栖息一片神奇——

一部凝固的诗章
一片云彩的艳丽
还需云端端倪么?
儿时断飞的那只纸鸢
居然掉落在这里

天降大喜
无须眯眼寻踪
那根放飞的长线
依然攥在
古运河畔那座寺庙
佛祖手中……

仙女千年散花
芦柴花的笔
摇出春早春浓

日子宽松
心情宽松
怀里的那只小松鼠出洞——

就地扎个九连镜风筝
择日
借大江浩荡长风
升空

2007.6.16

别墅群遐想

临水的这一弯土地
称得上大江袒露的胸口
各色各样的花草　迎春
百鸟，鸣啭出一片和声……

谁也说不清楚
大江迎送多少个黄昏、清晨？
满耳不绝的涛声
历史在她脚下翻滚！

浓抹淡抹皆宜
也算戴德感恩
捧给母亲河一颗
胸花别针……

2007.6.16

活在诗里的人

活在一首诗里的张若虚
今晚活在自己的故乡
活在我们游船的筝弦上

古运河用轻柔涛声
和微波细浪
踩着你的情绪和节奏
陪伴你在故乡
徜徉……

也许
你唱的春江并非此河
无碍
故乡的水到处都一样
甘美　清冽
不信，你尝尝？

2006.10.22

错出了一首诗

书中两祯照片
一张是我
一张是妻
却错印成
我一页
妻一页
两张错成两页
夫妻合而为一

想想错得也对：
夫背靠的山
——是妻
妻背靠的山
——是夫
两山合一山
撑起一片蔚蓝……

细想错得有理：
夫和妻
合的一张脸

奕的一盘棋
电闪雷劈
谁能将一张纸剥离？！
夫妻合一
天地合一

两张错成两页
删去背后空白
此乃天意：
错误成了美丽……

2007.2.10

中国的十月

还沉浸在共和国华诞的庆典
星空又传来崭新的诗篇：
杨利伟乘坐祖国的飞船升空
在二〇〇三年，在十月，在酒泉

梦想过千年，期盼了几十年
那幅尘封的莫高窟壁画终于飞天
反弹千曲琵琶何能尽兴？
再擂撼天大鼓，唱黄土高原……

神舟五号飞向蔚蓝拥抱太空
去圆却明代万户"一步登天"之梦
神州大地也激动得彻夜难眠
期待太空传来一幅幅壮丽画卷！

呵，如大江涌涛排山倒海
似千丈瀑布飞挂前川
引以自豪、骄傲已远远不够
全世界的目光点亮了中国信念！

就像中国人当年推翻三座大山
就像中国人熬过天灾的岁月荒年
就像中国人在前进途中力挽狂澜
就像中国人成功试验第一颗原子弹……

呵呵，共和国只用了短短半个世纪
就将祖国打造成堂堂东方好汉
"中国人既说出就能办到"
这当是令人瞩目的世界宣言！

2003.10.15

天地对话

童年，我曾放飞纸鸢
让系在风筝头上的
那把藤皮子弓
和我对话
让风筝尾巴上的
那串电光火炮
和山村对话
我乐了，山村也乐了
田间劳作的乡亲们
驻足品味、评价：
朗朗天空是我们的
徐徐春风是我们的
我们手中的镰刀
收获属于自己的春秋冬夏！

今天哟，大漠放飞神舟
火箭的故乡
迈出了问鼎苍穹的步伐
是整个民族在出征
九百六十万平方公里是发射塔！

快让太空赤子
和妻子儿子家人对话
和祖国对话……
我乐了，神州乐了
他在和每个中国人对话
他在和全世界对话
收获千年的摘星梦
收获铁锤下迸出的璀璨之花！

2003.10.16

十月，中国过年

一个甲子
又迎来金色的秋天
红旗铺霞
彩带弯虹
连瓜果也多了一份甘甜
人群如钱塘江大潮：
今年
十月就过年

胜似过年！
将两周休息日并在一起
中秋也举月为杯赶来祝愿
簇拥着一同欢颜
八天
（比过年还多一天）
心中有太多的感恩话语
太多的记忆金片
告诉天底下更多的人
告慰先贤——

国之盛典！
东西向的长安街
并列长江、黄河流来
天上飞的海上驶的车上架的
都是共和国研造！
威武雄壮的方队
如刀似剑
举步动地
呐喊震山
怎不海也瞩目、天也惊叹？！
宽广的天安门广场
火树银花不夜
一个不屈的民族
用了五千多年
终捧出
这幅史诗般浩气长卷！

依旧雄鸡版图
依旧方块字记录每日每天
短短六十年
世界，这台巨型竖琴
我们也抚琴操弦！
挖断了"穷"根的土地
夯实了"富"的基脚和信念
才催开，植于万众心底的那朵
如花笑脸……

哦，年年过年
年年为家而过：
卸却四季辛劳
阖家团圆
己丑十月过年
为国而过：
奋进的脚步
深知外面沟深水浅
复兴大业不可能一蹴而就
十月火于过年
——一次人心的抱团集结
——一部庄重的中国宣言！

2009.10.6

中国胎记

拖儿带女
一路风雨一路泥
苦难将日轮月轮粘在一起
于我民族呱呱坠地　在脊梁
浓缩下一块血红胎记——

胎记叫：不屈！
不屈入侵者横行
愤以刀砍斧劈
不屈被斥为奴隶
让羞辱者以血清洗

胎记叫：不屈！
不屈奸佞乱世
揭开巢穴，擒蟑捉蚁
不屈蠹虫入肤
逐条拔出，剔垢丰羽

胎记叫：不屈！
不屈天崩地裂

众志填壑，众肩作梯
不屈贫穷落后
砸锅卖铁，自鞭奋蹄……

蛮荒走到文明
五千年长夜终露晨曦
版图　四季水墨如画
十三亿枚胎记是印章
是旗！

2010.3.18

十　年

——贺《扬子江》诗刊创刊十周年

十年树木　你
总是以垂柳勉励自己：
一对对草鞋印痕的密密柳叶
当着心灵足迹，由高而低
走进思念的大地……

从露珠开始积攒
从雨水开始囤聚
借小溪开沟引渠
连同十年的汗水和心血
也一起汇了进去——

这才流淌出阅江楼诗话
一江霞披
一本江南的美丽：
江上，帆影点点
江畔，风光旖旎

雪潇、泥马度、吴允锋

陈广德、张泰霖、唐力
还有爱用睫毛作拉链的小未……
中流击水，有他们身姿
扬帆远航，有他们举旗

呵，如此一江壮阔
岂能没有万吨级？！
沙白、赵恺、叶文福……
大江东去
一路虹霓，一路紫气

古有：春风又绿江南岸
今有：岸边滴翠，诗意常绿！
江枫渔火，在浪里浮沉
都是些不见经传的撒网者
尾尾鲜活，尾尾上得宴席

涛声依旧，大江不会忘记
虽不步古人，觅字捻须
亦回响出民族的心仪
词牌、曲牌，风铃有声
浪花棒出五言、七律……

十岁，小小年纪
就懂得诗画话，小苗和大树
都必须扎根土里！

所以，十年的磕磕碰碰风风雨雨
统统当着省略号省去

真想　真想追回去十三个世纪
亲口告诉我那位姓张的同乡
在他春江花月夜上游百十公里
一条诗的大船穿过夜雾蒙蒙
向他驶来，向他靠拢……

2010.4.19

枣林湾

——枣林湾有五湖，即枣林湖、白鹭湖、云鹭湖、光华湖和长青湖。以枣林湖水为最，面积达24平方公里，水面清澈，水质优良。

——题记

诗人忆明珠
将你定位于：天上人间
枣林湾
越过田野上苦寒那道坎……
那满山满丘甜甜的红枣呢？

问茶林　询水库　访花圃
一千六百亩芍药告诉我
枣林湾的三山五湖告诉我：
在二圃八村万人心中　红枣
早已串成了糖葫芦——

收获自己的满天星斗：
吊弯树梢——特制的一挂挂
玻璃球大小红鞭炮

撷下装箱，打上外文字母
撒向四海的一把把红玛瑙……

红枣，一颗难求的枣林湾
不尝，也芬芳心田
乘兴飞舟挂帆　夕阳
竟也乐成一粒大红枣儿
浮沉浪间！

2010.5.10

月季的故乡

城池，因你而绚丽
香露，因你而欲滴

美誉源自一人，她把命运
同月季捆绑在了一起

青春作线，缝走春来春去
为故土，缝出一身霞帔……

月季也有了夫人①
记忆，将花语藏匿心底

百年后，故乡的月季
还有个名字叫：月祭

月月怒放蒋恩钿
月月思念太仓女！

2010.5.19

①太仓蒋恩钿，因其对月季的卓越贡献，被誉为"月季夫人"。

低碳生存

也不是将冰箱砸烂
夏天，竹篮盛剩饭菜或西瓜
吊进井中保鲜

也不是拉掉电闸
有电不用
重新点燃煤油灯盏

也不是推倒楼宇
复古一幅幅古老画面
蜗居茅屋里边

怀古一种美丽
一种生存的低调
怀古那奉献多多索取少少……

十里八里　拔腿开跑
走进脚踏车代步
换回的不仅仅是微笑

子孙要传承
汽车要少飙
不忘地球已发出警告

2009.12.9

哥本哈根

会造船的哥本哈根
出船长的哥本哈根

不任蓝领白领
不任穷人富人
一夜之间都认识了你
——哥本哈根

牵动地球每一度经纬
几十亿人呼唤你的名字
趁"大雪"，装在心里迎春
——哥本哈根

你成了地球之国的京都
决策人类走出死亡
大国小国都不得自掘其坟
——哥本哈根

争也哥本哈根
吵也哥本哈根

风停雨住，阳光加歌声
——哥本哈根

2009.12.10

中国代表

平和，微笑
不因人口众多而气傲
带着长江
带着黄河
带着草原
带着发展中的成功与苦恼
来哥本哈根
切磋，商讨

当停则停
该减则减
中国属于全世界
同各国与会代表一样
权作麻索一股
借大会这台特别搓绳器
将人类的命运之绳
搓紧，扭牢……

2009.12.10

一幅漫画

地球椭圆成一张脸
头顶，几根树桩的头毛
全失去树枝树叶华发
耷拉着眼，苦咧着嘴
修痕累累由十字纱布贴着

192国舌战丹麦
"协议触手可及"
减排遏暖的全球行动
"距离仅数步之遥"

遥在八个主要国家
恪守承诺的百分比
最少的17，是富国
最多的45，是大国
大国不富，人口13亿
担挑的责任让世界自豪！

2009.12.10

又见滚铁环

父亲把着女儿的小手
——滚铁环
滚过直路　学滚转弯

母亲教练着儿子
——滚铁环
坡地加速　拉环下坎

奶奶跟着孙女脚步
——滚铁环
绿化带里　峰回路转

爷爷指点着孙子
——滚铁环
滚过大桥　滚向平川——

或许正是闲置马桶上那道箍
滚月滚年
滚去了岁月的锈迹斑斑……

一个小小的铁的或铜的圆圈
竟让天底下老人和小人
滚出金色童年

2009.8.13

小人书摊

一肚子故事
是儿时小人书揣进去的
长大后能画山画水
也是小人书印在脑子里的

路牙当凳
有的字它认识我，我不认识它
可书上的画，不哄小朋友
一看，就能到嘴到肚——

又见窖藏数十年的小人书
一拨又一拨粉扑扑活泼小脸
围着笑着翻着闹着　为书摊
镶嵌并更换着一圈又一圈生动的环……

小人书摊不小
长无限，宽也无限
古今中外多少大人物
都在这里留下过童年

2009.8.17

河边读雨

自吴王夫差把运河凿开
你即在云头梦幻
修炼千年
终在这条流动的蓝缎子上
留下了脚印

雨脚上拔节出金莲
无数双水晶鞋
踮起了足尖……

旋出氤氲
旋出雾霭
朦胧了打渔船
朦胧了秦砖汉瓦

当你旋至画家笔下
旋进了一幅画
旋开一片桃花林子
你笑了
再也不走

2005.11.25

丹　阳

你名字搁在我心中六十年了
多少回擦过你身旁
只是冷冷淡淡　翘首一望
不愿进入，也不敢进入
（有老虎么？比老虎还老虎！）

……我家那头大花牛
就是丹阳人买走的
说是买回去卖肉　我哭了
于是　泪光中幻出丹阳模样
——屠宰场……

哦，六十年窖藏开始发酵
农门之子，古稀胆壮
一脚跨进心悸地
探实童年虚拟的那个"场"
一颗丹心，满城阳光！

……一座眼镜城如此令人神往：
给世界以清晰

为世人以遮阳
扮女人以漂亮
蛤蟆镜哈出蛙声合唱！

……那位五十七岁赤子陈
购回系着中国魂的石碑石像
足以买断八千里路云和月
世界级蔚为大观
哪一件均可央视国宝档！

更有好客　会闹也能喝点酒
本土文人美女姜
不是美女　带来美女
更掀钱塘大潮百尺浪
主也跄跄　客也跄跄……

清醒老叟周身诗痒
心也坦坦　眼也亮亮
两滴喜泪成珠　不让淌
一颗偿还给　丹
一颗捧献给　阳

2010.3.28

沸 井

相距咫尺的六口井
六圈石栏给它们画上了句号

不能结束的井中之水
三浊三清
依旧滚沸

像是井底下支着六口大锅
千年燃柴添薪，分秒不停

分秒不停　虽滚不开
不发烧也不升温
依旧一片冰心……

历史老人如此公允：
骄矜者　昙花一现
卑微者　松柏长青

2010.3.27

香 炉

一只铁铸的特大花盆
栽种心香
栽种虔诚

许愿是水
祷告是肥
闭目不养神

花开花落
还你一个古老的愿
——本分做人

2010.3.27

季子桥

总觉着　三让王位
尚未功德圆满

临终前决定：
扑向大地
拱背弯腰

弯成一座桥
将过河的人
——托着

桥头连着农田
桥尾抓着草根……

2010.3.27

祖母绿

——昆曲礼赞

忽必烈也未必挡得住
几声欣喜，几滴泣噎和
枫桥夜泊存放于曲中的
月落乌啼
到了朱元璋
你，就有了自己的名字

流行于昆山的一种腔调
一经你敞开胸襟　纳入
海盐、弋阳
只在嗓子里拐几个弯，便
舒徐出水磨的宛转
转出特殊的美丽

哪里是控声、控腔、控气息？
全在感悟，全在敏捷！
似断非断地吟
轻柔飘逸地舞　竟

完整出一个
表演体系

川剧、婺剧
请回了你
赣剧、粤剧
迎回了你
洞箫横笛吹奏着你
琵琶三弦弹拨着你……

揉进天南地北剧种
一咏三叹
戏戏藏凤
戏戏插翅
戏戏有戏
怎不醉倒一拨拨戏迷？！

你上得宫阙
下得山里乡里
唯你　通天通地
也许，当年昆字头上本就有山
站在山上　笑迎晨曦
才喊出活化石的你：祖母绿！

2010.6.10

盆景·狼尾

狐狸能盘到太太们脖子上
何不将自己脱胎换骨一番
供人们欣赏？

择生存方式另一种
一头扎入土中！

惹争议的面孔，作根
力挺其尾拱出土层
于花盆边上躬尾下垂

酷似数十条美腿
是在诠释芭蕾之美？

除夕夜的《小城雨巷》
舞得你梦绕魂牵
旗袍　老街　江南

美女们尚未走远
你就撑开一柄柄绿叶小伞……

脱胎换骨一番
尾巴不夹
也不翘成旗杆

终于读得你心声
——埋头做人

2008.6.28

不落的二分明月

一弯瘦西湖水，
它从远古就在画中流；
湖边座座亭台，
它从远古就在画中坐。
呵，扬州，
古朴数你娇嗔数你迷人也数你，
不落的二分明月，
将挂出千古风流。

走出历史长廊，
方知古城不在书中留；
翻过昨天辉煌，
老树逢春竟发新枝柯。
呵，扬州，
小船悠悠小巷悠悠小曲也悠悠，
不见了玉人吹箫，
却还你浪里飞舟。

1986.4.8

小小瘦西湖

谁不知道西湖瘦，
不瘦怎叫瘦西湖？
美就美在一个瘦。
瘦在脸上瘦在腰肢，
瘦出标致、玲珑又剔透。

谁不知道西湖瘦，
故乡早把它唱成歌，
明月二分又是个瘦。
照在湖上照在桥上，
照出浓抹淡妆似锦绣。

谁不知道西湖瘦，
瘦西湖从来不忧愁，
彩云绕着五亭游。
绕出红花绕出绿草，
绕出爱不够的新扬州。

2006.11.25

瘦西湖船娘

湖水清，湖水长，
是谁撒下绸匹千万丈？
湖上飘来一船娘，
头帕随风扬；
遮阳布篷荷叶边，
游客坐在藤椅上，
边品香茗边听唱。
啊……
小船悠悠，悠悠荡荡，
悠悠荡荡到了凫庄。
啊！
一篙撑过了莲花桥，
忙坏了白塔回首张望。

船娘汗水湿衣裳，
铺一条画廊送给故乡。

2006.11.23

琼花小唱

一朵琼花哟，
八朵小花围成她呀，
八位仙人团团坐呀，
吟诗又作画呀，
风趣又潇洒。

一朵琼花哟，
撑开小伞整八把呀，
在接丢魂人的泪呀，
在接清明后的雨呀，
让故事发新芽。

一朵琼花哟，
做只手摇鼓还给童年，
多想借你一片绿叶，
追回失去的年华，
那哈依呵呀嗨。

2006.11.26

剪花样子

想穿花鞋做一双，
衲好了鞋底做鞋帮，
鞋帮上面有文章，
绣花必先有花样，
快请剪花娘来帮忙，
帮忙剪花样。

剪朵牡丹映朝霞，
剪片碧波托海棠，
剪对双燕比翼飞，
剪得人心头发了慌，
喜呀喜洋洋。

穿上花鞋上扬州，
格真真一副俏模样，
蝴蝶一路跟着闹呀，
错把花鞋当花香，
乖乖隆的咚，
羞得我脸红没处藏。

2006.11.28

个园的竹子

个园的竹子影子长，
撒在曲曲幽幽的长廊，
竹叶摇月光，
影子在晃荡，
阵阵轻风徐徐吹脸上，
竹叶成"个"字，
两"个"成竹字，
板桥的竹子画出满园篁。

个园的竹子影子长，
春山冬山翘首来张望，
秋山一身绿，
夏山好荫凉，
个园的名声大江南北扬，
摘片嫩竹叶，
轻轻挨嘴上，
贴心的小曲对着自己唱。

2003.6.9

荡湖船

将湖里的船搬到打谷场上
竹子扎成船身
绸子绷成船帮
瓜子脸大男孩扮成船娘

船娘两只脚踏波踩浪
两舷船夫一边撑一边伴唱

正月十五荡湖船
一路行船一路风光
那句"下这么又一篙呀"
乐得人前倾后仰
——全村人帮忙划桨

2003.9.1

踩高跷

用两截木桩把腿接长
高高在上
纯粹是逢年过节玩玩的
手还是那么小
脚还是那么小
那个高度是假的

将来真的长这么高
不高人一等
布满血脉的脚板也不爬梯
爹妈给的身子骨
不会拔高陷低
脚不离泥……

2003.8.30

挑花担子

进村：空篮空担
出村：挑着两座花的小山

花担一高兴
情不自禁转圈圈
乡间小调跟着转

锣鼓点儿敲得暴雨般
两边帮腔的滑稽郎
一边唱和一边刮小扇……

小小花担挑到哪里去？
安排好了，庙会上献丑三天

2003.9.7

上扬州

过金秋，
上扬州，
扬州好比一杯醉人的酒；
逛老城，
走新城，
新城老城处处爱人运河作纤绳，
牵出一路歌声。

过金秋，
上扬州，
扬州处处竖起了大高楼，
住宅楼，
点式楼，
办公大楼商业大楼私人小洋楼，
马路宽得像条河。

过金秋，
上扬州，
扬州恰似一支迷人的歌，
你爱唱，

我爱笑，
留下微笑留下歌声留下一片情，
捧给我的故乡人。

2003.9.10

捏面人人

捏面人人，苦营生，
挑着童趣换青春，
担子一摆娃娃围几层，
七嘴八舌要考考手艺人。

要说神，也真够神，
点啥捏啥栩栩又如生；
五彩云霞任他摆，
捏几条小狗出了村。

上考场，细思忖，
小朋友要捏个外星人；
只见他眯起眼睛头一摇，
茅塞顿开毫不费精神。

小朋友，乐陶陶，
都夸他外星人捏得好，
头大无毛两腿筷子高，
似人非人看看又好笑。

捏面人，童话的书，
心中装着艺术的艳阳春；
试问哪座学院的高才生？
含笑摇头手指绿杨城。

2003.9.7

苏北小楼

心里宽了想唱歌，
日子富了想盖楼，
不忘祖辈茅棚把罪受。
天开云已散，
推倒旧屋建新楼，
鞭炮炸出心头乐，乐呵呵。

要乘荫凉先种树，
要吃鱼虾得下河，
我们踩着前人脚印走。
芝麻开了花，
小楼一幢接一幢，
江南景色到江北，真风流。

要说风流还不够，
时代逼你朝前走，
莫忘还要出力把汗流。
明天更美好，
买轮船呀买飞机，
乘上飞船太空游，

那时再唱风流歌。

2003.9.15

运河谣

云中看，
绸子飘，
古城穿上了镶边袄，
白天是金的，
月夜是银的。

摆渡船，
醒得早，
进城出城一竿篙，
满船男女老少，
满耳南腔北调。

摆渡口，
逐浪高，
男人们将运河一肩挑；
淘米、洗菜、浣衣，
女人们拍着浪花笑。

河东堤，
留涵洞，

灌得沙河涨新潮，
苇滩沿河绿，
百鸟苇丛中叫。

跳上船，
橹儿摇，
心儿悠悠哼小调——
船家顿领悟：
哦，摇到外婆桥……

2003.9.16

扬州小调

甜不腻，
咸不苦，
薄薄脆，
透透酥，
栀枝花呀茉莉花，
杨柳青青绿满湖，
都是好音符。

说她俏，
也不俏；
说她土，
也不土。
石榴花呀海棠花，
沙耪子撩出栽秧舞，
乡情酒一壶。

要过河，
有曲桥，
要游春，
船代步。

平山堂呀观音山，
印花蓝布格子裤，
船娘笑摇橹。

香也香哟，
脆也脆；
绵也绵哟，
酥也酥。
扬州小调好味道，
自成一格天下殊，
民族花一束。

2003.8.23

大姐出嫁

爱我的大姐要出嫁了，
如花的大姐要出嫁了，
坐进彩云一般的花轿，
披红着绿离开了家，
吹吹打打去到别人屋檐下。

奶奶坐在门槛上哭，
听不懂她哭的什么话；
伤心伤肝的是妈妈，
一把鼻涕一把泪：
乖乖肉呀儿呀儿……

父亲不愧为男子汉，
红着眼圈把喜糖撒；
噼里啪啦鞭炮炸，
拱手作揖谢大家：
还请来年再把红蛋拿。

我一不要糖二不要蛋，
三不要新衣新鞋袜，

光脚跟着花轿跑，
管它路上坑和洼，
大姐到哪我到哪。

2003.8.22

二月二

二月二，
家家忙着带女儿。

女儿出门到婆家，
公公婆婆可好说话？
小姑子像不像她小妹妹？
小叔子像不像她亲弟娃？

女儿出门到婆家，
女婿日常怎待她？
田里的活儿累不累？
隔锅的茶饭咽不咽得下？

女儿出门到婆家，
一年不见太牵挂！
小外孙可曾有着落？
一大串问号成雾中花……

二月二，
家家忙着带女儿；

女儿进门抿嘴笑，
百问千问无需答。

                                    2003.8.13

三月三

三月三，
春暖乍寒，
冻得把眼翻；
伢子哪管这一套，
拿着风筝牵着线，
三月三，
爬坟滩。

庄稼地，
踩不得，
长不出庄稼，
小肚皮怎能鼓鼓圆？
荒山野洼风口好，
筝儿脱手就飞上天。

飞上天，
风筝钻进云里边，
对着线砣打"电话"：
万万别被云片擦破脸……

三月三，
爬坟滩，
蹦蹦跳跳好喜欢；
风传先人话一句：
踩着他肩膀让我玩。

2003.8.13

九月九

在外读书的靠奋斗，
在外挣钱的靠双手，
村子里小辈四海游。

好腿好脚天下走，
九月九，
走到家门口。

重阳糕，是方舟，
重阳酒，重逢酒；
舟是风雨同共济，
酒里泡着思乡愁。

重阳糕上插小旗，
顺风顺水浩荡闯五洲，
重阳酒里撒点糖，
辣里透甜不忘常回头。
老泪一把，小泪一把，
洒向人间都是乐。

九月九，
无须登高觅茱萸，
湖边折技离别柳，
九九重阳唱新歌。

2003.8.14

端午小唱

粽子裹出个艳阳天，
菖蒲艾枝戗门边，
家家堂屋亮堂堂，
雄黄酒洒了身上洒门沿。

伢子一蹦三尺高，
煮熟的鸭蛋挂胸前，
五彩丝线编成的篓，
花花绿绿真叫那个鲜。

赶快出门显威风，
活像得了金牌刚凯旋；
嘴馋想吃只好吞口水，
空篓鼓不起那个圆。

眼巴巴盼的就是这一天，
眼巴巴盼的就是这个圆；
圆圆的鸭蛋圆圆的脸，
圆圆的日子金不换。

2003.8.21

奇葩三唱

八朵花，
围一圈，
恰似八位仙家来聚首；
评历史，
话邙沟，
沧桑唐城连遭风雨骤。
清明不清明，
八把小伞撑出情深厚：
在接丢魂人的泪，
在接穷苦人的愁。

似繁星，
缀绿绸，
清香幽幽萦绕人心头；
戴一朵，
美不够，
好一朵茉莉花飞出口。
花好曲也好，
音符蹦出故土到境外游。
喜滋滋今天又升格，

古城请你作市歌。

小开口，
大开口，
堆字大陆唱得人心揪；
探亲调，情悠悠，
台上台下眼泪一起流。
男女不同弦，
个中韵味全操琴师手；
正弓背弓都开弓，
一个"奇"字怎了得！

2003.8.24

玉人吹箫

舒云袖，
扬柳眉，
裙裾一摆春风吹，
纤指轻挪仙乐出，
恰似百鸟在把彩云追。

月色好，
雾霭垂，
箫声哀时催人泪，
七孔洞箫千支曲，
全在玉人心中指间汇。

一曲山，
一曲水，
故乡山水曲曲美，
烟花三月刚落音，
又闻香影廊里琴瑟醉。

紫竹箫，
千年脆，

走出唐诗笑微微，
不教吹箫吟新词，
洞箫化作彩虹天堑飞。

2003.9.9

故乡的云

故乡的云，
三月飘黄，
四月飘青；
青是麦苗腾绿浪，
摇醒丰收唱新韵；
黄是油菜花枝俏，
捧给故乡一片金。

故乡的云，
九月铺霞，
十月铺银；
银是棉田堆白雪，
捧给冬天一把火；
霞是果园挂硕果，
香透故乡甜透心。

故乡的云是五彩的云，
飘在故乡人的脸上，
金不换，银难凝，
浓浓郁郁淡淡轻轻……

哦，故乡的云。

2003.9.20

鹄望与钩沉

童嘉通诗草　诗的花瓣

泡桐花开

又见你捧出花的大潮
扑面而来

六十年代
兰考县曾搬你为兵
黄河边扎营

认地为母
管你沙砾、盐碱横行
照样长出风景

先开花，后放叶
扮靓大千世界
铺满天紫色霞云

哦，木质轻轻
源自柔柔秉性
一肚子乡愁乡情……

不充能造楼盖厦

站着，撑面绿色的旗
倒下，造台古朴的琴

2011.4.18

三月·画展

"上扬州"的草根
"下扬州"的贵人

其实，草也不草，贵也不贵
三月，都来古城相会

品味一幅幅实景画作遗存
走进走出，走成画中人

《五亭桥·白塔》
一幅古城标志的画

《缺口·南河下》
一幅盐商留下的画

《东关古渡》锁晚霞
长街是钥匙，渡口是匙把

弥陀巷藏着《罗聘的家》
《壶园》画刚挂，紫砂沏新茶

还有铁路、大桥、机场、高架
——彰显古城不古，现代步伐

龙舟还载你享受天子御览
《运河十八锦》，幅幅河边挂

2012.2.16

吟春茶社

终于亮相街头，繁华地段
夹缝中洞开一页窗口——

南有富春，北有熙春
东有锦春，西有冶春
唯你居中吟春

宛若一叶归舟
刚送一拨客，又迎一拨友

一笼笼佳点佳话：
五亭桥上五莲绽放五福临门
包子出笼包蕾媲美包打天下

后院竹韵徐来，情柔意柔
声声曲调歌头：

茶社跻市，并非挣银入斗
慰藉天下舌尖，出门前
先请故乡验收……

2013.4.11

五亭包子

将蜀冈上空洁白云团
搬来案板上搓揉翻卷

又揉又掼
撕揣捺摊
捏出扬州月袖珍版本万千

凭着信念料理，一把火
笼笼莲花花蕾再现……

从此，古城有了两座五亭
一亭：美食
一亭：美景

2013.4.15

一位老人的故乡情结

约莫每十年回故乡一趟
临别登机前
总要再三关照
那箱包子别忘了带上

像是带上古城秀色一抹
带上邗沟沃土芬芳

人生能享几个十年呢
莫非爱在每个十年处
置一枚美食印章
——五亭包子一箱？

十年，足以树木
老人借此为桩，拴住故乡……

2014.2.13

烟花三月三

每年的四月十八
不管阴阳差错成三月几
心中都是三月三
——琼花的三月三
——烟花的三月三

换了内涵的三月三
不划龙舟，不踏青远足
礼炮致辞
炫舞旋亮全城眼睑
宾朋如彩云
为琼花添叶加瓣……

去年拍摄的影像资料
连同带走的春天
恭请你一处处比对
一路路查看
前行？踏步？后退？
全由你裁判！

注不注入资产？
来不来此立项？
奠不奠基你心中夙愿？
也由你自己算盘
4·18谋求双赢互利
不在于何种答案

烟花三月三
为把江北古城打造成江南
江南不江南
晒给世界看

2012.2.22

阜宁大糕

阜宁将白云切成薄薄云片
片片标准长宽
糯而不黏
列队成统一尺度，民窑
烧出香瓦甜砖——

套上红封子上路
大街小巷平添一座座小山
权作云梯踏板，蛇年
让孩子们欢天喜地步步高
叩响春天门环……

2013.1.30

十香菜

图个实实在在
原生态，无公害，搭配色彩
十样菜蔬鲜到了一块

如今早已超越十锦食材
依旧淮扬派：十香菜

胡萝卜丝、雪里蕻
黄豆芽、金针花、豌豆尖
菠菜、野荠菜……

菜籽油统领分批烹炒
年味就炒了出来

2013.1.30

炒糖圆

将雪一样白的水磨年粉
端来灶台边
搓一匾玻璃球的圆
放在锅里滚动炕煸……

色拉油猪油一起下锅光亮
稠稠老红糖水嗞啦冒烟
就这么简单
日子即香甜

2013.1.30

天　平

跨过小男人年龄门槛
就挺拔成一座山

肩上那根扁担成了杠杆
不由自主又欣喜无比
挑起家的重担

苦点累点，无怨无悔
担当责任，理所当然

厌烦了也会甩出两句：
为夫咋来？
儿子你带？

世代都在潜心寻探
至今也未找到准确支点……

苦于天平难平，前踉后跄
小男人：风箱里的老鼠
小男人：家天下栋梁

2013.8.3

剑　池

凿于石额的鲜亮名字
是大地母亲的血
染红的

三分怪异
七分鲁莽
竟拔剑高悬
刺向姑苏胸膛
——同故土动起了刀枪

真让人匪夷所思：
猎奇竟到了这等疯狂
出手如此凶狠
剑刃全部插入肌肤
只剩得剑柄如桩

败笔留世并未流芳
悔了百年千年
也拔不回那道寒光
愧疚的泪潸然而下

贮满了岁月的池塘……

不管典故采撷何方
何美之有？
旅游者锁眉无语
那柄看不见的锋利
已戳破他们心脏

成了一块历史的痂
填也不能填
挖也不能挖

2008.10.25于苏州

钱塘江

早在教科书上就读到你了
读你潮来潮去

在历史长河中涌动
在黄皮肤眸子里闪亮
在诗人吟哦里抒情

来你身边守望
守望千军万马水师
守望超级航母出水
守望那一份莫名的骄傲和自豪
浩浩荡荡
所向披靡

午夜，月半
大江远处的天，鱼肚白了
天边隐雷的车马，轮子滚动了
大堤上人山人海，屏住呼吸了
举起相机，拍张潮涌
贴进人生履历……

从教科书上又走回来了

——中国大潮

2012.4.7于盐官

潮起潮落

钱塘江是你专用平台
亿万年演绎不衰
关于汹涌关于壮观关于澎湃

水天连接处
天，因你而矮

潮来，不为攻城
潮退，也不是兵败

还在血管里搏动的震撼
尚未缓落，你即美丽转身
一切归于平和归于天籁

潮起潮落，醒示浪花：
既能捧你上天
也能让你趴下！

2012.4.7于盐官

盐官观潮

一条银龙横江而滚
山在倒
云在倒

大堤没倒
城池没倒
观潮的人群也没倒

大潮走远
亮出一条诗路通道：
钱塘江像是一只长长的盆子
大海学外婆逗它玩
站在盆边摇了摇……

2012.4.8于盐官

钱塘江听潮

大潮铺天盖地来了……

潮头被我撕开了一个口子
闭目回放
六十三年前那场大潮：

广场的海
锣鼓的涛
旗帜在飘
响亮而庄重的礼炮
山在呼
海在啸……

有情无情，天都不会老
潮头上
一个民族站起来了！

2012.4.8于海宁

徐志摩故居

不取青砖黛瓦灰墙
择胭红，一别古板
将性格伫立江南

空间依然，氛围依然
屋内不十分明朗也不黑暗
眼睛鼻子眉毛不太清晰
形影可见

穿着洋装的点式小楼
仍保留着中国天井
脂粉味早已散去，一盆新桃
为你重新绽放春天……

不在意陆小曼或其他什么曼
也不在意那尊半身铜像
却在意门前右侧
那枚硕大的卵状大理石——

将你面孔轮廓和那副眼镜

透明半透明地

浮雕，还原在里面

2012.4.8于海宁

汨罗江

《九章》，无章了
《九歌》，无歌了
爱国无门
报国无道
呜呼！唯有身子作剑
扎进江涛……

国之殇。
于是，一条叫汨罗的江
有了屈潭
有了国魂
得以闪亮
得以在人们心中缠绕

两千多年了
壮士与大江同在
诗魂和粽子同存
阳光下，汨罗江蜿蜒西去
依旧流淌一江金子

2012.6.13

红　山

仪征枣林湾有三山，即绿荫覆盖的铜山、绵延起伏的长山和富含红土资源的红山。西南角，红山自山顶几乎呈垂直裸露。

——题记

头顶上拔节出葱茏拔节出茂密
恰似一顶绿宝石王冠
在云中熠熠

哦，一片倒挂着的红土地
上下赤裸
山体剖析无余：
顶层为岩
中层为砾
底层为泥

长此日久下去　岂不
红山无山
海拔不拔
岩砾成土

轮回平川
共与小花小草生息？
红山点头同意：
岩属偶然
泥乃归宿！

2010.5.8于仪征

水乡风车

一格格垛田棋盘上
清一色白围棋子都站了起来
站在塔架顶
临风而立
不紧不慢纺线线——

风姑姑自荐纺车女
终年无假，从不抱怨
且背着个脸：
一手转动风轮
一手牵出银练……

2011.8.8

餐桌上的乳猪

伤心得将双眼哭枯
两颗血红樱桃塞进枯井
权作你的眼珠

恨自己太过天真
总以为阳光灿烂
天底下都阿弥陀佛

于是，便闭着眼睛瞎跑
跑脱了一身胎毛
跑上了餐桌……

骨骼也要拆开煲汤
轮回的梦炸了箍
上了不归路

命薄，命苦
还没同妈妈好好亲亲
小命即宣告结束

2007.12.26

鹄望重阳

九九为钩
岁月作竿
将弯弯山路捻细
古往今来的九月初九，被
——钓起——

拨开茱萸小花，记忆
按名册清点：一个不少
人生七十古稀，如一片落叶
随风飘去

记得爷爷教我写茱萸
父亲教我读茱萸
山茱萸，吴茱萸，食茱萸
茱萸成了登高的梯
延年益寿的旗

难怪一拨老者结伴
刚上路，就猴急探底：
明年、后年的今天

聚首哪里？

重阳糕上插上小旗
隆重推出阳数最大月日
宽了胸襟
高了天地：
回首将昨天拾起……

2011.9.5

卖红蚯蚓的老人

额头上　手背上　腿肚上
暴突、隆起的一根根筋
老眼昏花成一条条蚯蚓——

也准备捉了下来
连同风烛残年
权作鱼饵
装进一个个小塑料袋
蹲缩街边

一条条血色精灵
集结成伙　抱团成柱
撑起老人那片抖瑟的棚天……

2009.10.18

谒李白墓

刚跨过花甲之年不多远
就在一个小小县城站住了
站成了一座诗碑

至今，一千三百一十岁
依然有名有姓人家
墓碑，成了门牌号码……

恰逢九九登高，借
余光中在母亲坟前的话：
你在里头
我在外头

没带酒，就在外头请教：
盛唐之后，古诗
哪朝哪代将巅峰重构？
绝句，也绝后？

繁华，已经超越
平仄路上，未见来者

碑前那朵蔫了的杜鹃，是我
咯出的带血诗愁

2011.10.4于当涂县李白墓前

李白对我说

论在世间年龄
你是老哥
诗也一样
最忌重蹈覆辙

走自己的路
无须戴上镣铐

即使跳出优美舞蹈
大唐也不会回来
你写诗五十多年
贵在每一步勤于思索

没有写出我的诗句
也不愿写出我的诗句

——这就对了
诗路亦同大江大河一样
欲淘得诗之金沙
当顺流而下……

大老远特地登门求教
　说这些供你参照

2011.10.5于芜湖马仁山

注：李白61岁辞世，诗作者作此诗时已74岁。

采石矶禅意

柿树上吊满了柿子灯笼
披披挂挂
宛若一袭袭袈裟

登山的路
坑洼依旧
大唐朝存放于此
任其自然弯拐歪斜

蒲团衍生成石团
柳帘挂千百条经幡
自天垂下——

薄雾裹出香火缭绕
江鸥翱高翔低　翻读
那页经书
——绝壁摩崖

一派天国禅意：
举步岩顶，落脚岩底

零距离，目送大江东去！

无庙而禅的采石矶：
旭日晨钟
江涛暮鼓
啄木鸟，啄响木鱼……

2011.10.12

渴望初雪

成千上万双眼睛渴了
每天于天空寻觅
找他们一年一度该归来的孩子
自言自语：
都疯到哪里去了呢？

说是飞过大半个地球去玩了
填了沟壑，盖了山脊……

这里却望穿四九、五九
仍不见纷纷扬扬
或许，也有我们的不是
别扫兴它们天真、豪爽
暖冬亦无妨

然，节令如往
唯冬雪酿出丰收禾香——

并非天使玩得忘乎所以
实在有太多地方要去

趁夜归来，铺条毡子留痕
薄是薄了些
恭祝羊年大吉

2015.1.28初雪

雪之语

今年的第一场雪
模样还未装扮好，就飘下来了
尚未着地，就没了
连影子也未留下

第二场雪是夜里摸黑来的
趁着夜心冰点
留下一个银白世界，就走了

久违的白雪公主
美美的白雪公主
太阳一出来
全都哭成泪人而去……

好像什么事也没发生过
一切如昨
一切如初

以生命为代价的冒险之举
恳请人们记住：

雪花乃严冬的女儿
蜡梅是她的姊妹

唯那片背阳房顶不消融的白
——丢下一张厚而洁白的考卷
摆在你我面前

2012.2.19

彩云追月

广东音乐《彩云追月》世界有名，其曲也是一支优美的歌。听了几十年，奏了几十年，跳了几十年；龙年试笔填词，供和谐中国国人唱之蹈之。

——题记

彩云追着月亮走，
一步一回首，
倜傥又风流；
彩云走月亮也走，
就像在河边口，
月亮在河里游，
此景致美不胜收。
天上人间，
天地人和，
上下五千年一路歌，
江山如锦绣；
长江黄河乃血脉，
民族兴旺乃天酬。

彩云追着月亮走，

匆匆没看够，
追也不回头；
彩云羞月亮也羞，
羞也到村口，
灯笼挂枝头，
福满月福祉千秋。
和谐中国，
千坛美酒，
明月当金盏尽兴喝，
唱起祝酒歌；
民族之林有我绿，
东方巨人震五洲。

彩云追着月亮走，
美如钩；
月拽云衣袖，
温柔柔；
大美大爱大音大歌大恩大德，
传承你我，
无须说；
民族薪火，
代代许诺；
中华民族宛若参天大树一棵，
枝虬叶茂。

2012.1.13

天　街

像是一根五彩腰带拴在半山，
走近惊现是条长街挂在崖边；
五彩腰带，是条长街，挂在崖边。

依山而势，沿山而弯，
傍崖壁造屋商圈，
时尚元素保留翘角飞檐，
小摊小贩搬进店里当起了老板；
老崖口老山道不老容颜，
东岳之巅让你心宽登高望远——

虽然只是半爿街市，
另半爿悬崖天赐画卷，
天上的街市满街笑脸，
比比画画不懂也懂万国语言；
土特产土喇叭高调甩卖，
吆喝声吆喝到天上去挣钱……

啊天街，不是诗的虚拟，
啊天街，也不是云彩梦幻，

啊天街，天上人间！

2016.8.19

天　涯

天涯何处无芳草，
我满眼无处不春潮：
渔船踏波归，
护航有鸥鸟，
夕阳划着了火柴头，
点亮夜市点亮了小岛；
生意兴旺，贵在微笑，
笑是和气草，
笑着数钞票。

天涯何处无芳草，
我满耳听得浪花笑：
红男绿女装，
对着海欢呼，
明天带条小船来，
有劳大海，助我推摇，
划回童年，童年多美好，
摇到澎湖湾，
摇到外婆桥。

啊！
繁忙的甜，悠闲的笑，
心潮怎不逐浪高？！
天涯亦疆土，
雄鸡版图一只脚，
哪怕露头岩，
哪怕出水礁。
寸海寸土都是宝。

2016.9.8

天　井

四条屋脊手拉手，
拉出井一口，
鸟瞰像只四方斗；
白天阳光千缕，
夜挂一条银河，
最是三月杏花雨，
瓦楞成小溪，
檐槽成小河，
叮叮咚咚琴瑟在演奏。

独得对天话语权，
敞怀信天游，
早已盘算早运筹；
水井能得水，
盐井能得盐，
天井当然为得天。
风调雨顺，
阴霾全赶走，
年年岁岁盼唱吉庆的歌。

啊，天井像漏斗，
漏斗不漏，天也不会锈；
啊，天井是量斗，
不量粮食量春秋。

2016.12.31

天　梯

不知道你留没留意，
上个世纪在中国大地，
竖起一架很长很长的天梯，
终端不在白云，
直向太空伸去——

这是一条登天的路，
路上走着智慧的民族，
一步步，一梯梯，
决意向天外扇动双羽，
长了民族的精神，
鼓舞古老的大地，
嫦娥奔月，
踏梯而去，
太空浩歌一曲。

一架看不见的天梯，
一架实实在在的天梯，
她探索星球奥秘，
也捕风捉雨，

她是民族的脊梁，
更是民族的志气，
直插天宇，
站在天外，
摇动五星红旗。

不知道你留没留意，
上个世纪在中国大地，
竖起一架很长很长的天梯，
终端不在白云，
直向太空伸去。

2017.1.1

芝麻铃香瓜

蹲下身子向它探询
又见本土香瓜
问及同族弟兄：
"青皮酥"，"疙瘩酥"
"黄金坠"，"太阳红"
还有那个不用牙齿
即能下肚的"奶奶哼"
为何不见？

摇不响的芝麻铃
无言
没有洗净的泥巴告诉我
这跟地球变暖无关
被钱牵着的种植理念
种子小布袋还吊在梁上
不让下田……

农人可怜，为钱追逐
我也可怜，难忘童年

2012.6.10

人与蚌

一柄锋利的刀
插入蚌口
割断两对肌腱双排扣

生命被剖成两瓣
壳遭弃
肉卖钱

其实，人蚌何殊？
到终点
也蚌肉般
装进棺柩的蚌壳　外边
煞紧两对马钉双排扣
入殓

2012.2.27

万竿独钓

船多，不碍港
竿多，不碍钓

成千上万名超级女子钓手
沿河堤列队排好
各借古运河一块水面
伸出钓竿千条

不管刮风下雨，天寒地冻
无意寒江雪
独钓广陵潮！

钓也不提，垂也不挠
醒钩，有劳河风轻摇……

钓索入不入水，已不重要
统统全被钓活
冒出串串芽苞
——春在柳条上舞蹈

绚丽裙裾，水镜中分外妖娆
翡翠般沿河岸向天边绿了过去
垂柳女　笑了

2013.2.24

飞 天

受祖国派遣
从敦煌壁画上走了下来
赶至酒泉
飞天

神舟九号是你不飘动的裙裾
那面五星红旗
是你母亲名片

地上十三天
你在天上将二百零八个昼夜
尽收囊中

准时落地出舱
那张笑脸重绽你最美花季
——难抑心中窃喜

不谈中国第一、世界第五十七
深情望着烧焦的返回舱外壳
女性的你，陡生诗意：

我和两位男性战友
是祖国母亲三胞胎儿女
刚借草原为床
微笑着呱呱坠地……

2012.7.1

梳理蝉鸣

听过蝉76代子孙演绎
该用梳子
将雄性知了的呐喊
梳理梳理

只有一个夏天的短暂生命
欢乐，却始终不渝
细听这支爱乐乐团旋律，确有
不同分值不同高低不同情绪……

依旧旁若无人
依旧它行它素
无藏无匿无意将嗓门压低
无人破译它们那国虫语

2012.7.16

爱情天梯

像两棵树的种子，在大山坳
被风刮到了一起
长成合欢的树

结发山脚下那间茅草屋里
他，娶她为妻
她，嫁鸡随鸡

天天爬坡种地
年年荷锄为犁
梯田也学着上山路的模样
一层一层迭进云里——

就像大山的一对儿女
默默守望着大山
大山不老

夫妻却从初春走到了冬季
也许，老人并不懂爱情为何物
步步高山路被文化人比作天梯

只知命运结成连理
人也成双，花也并蒂
不嫌不弃，认定
苦穿了就剩甜的死理……

如今老人牵手天国而去
丢下梯田的梯
让后人耕云播雨

天梯上留下的人生步履
是老人生命手笔
诠释生死相依

2012.11.5于吉祥苑

淹城春秋

春秋的淹城
吴越夹缝中长出来的淹国
历经两千七百多年风雨的淹国
未沉也未淹

自北飘来的那条很长很长的丝绸
在这里却步，凝神岸边
那个四四方方的晶莹剔透
蝴蝶结，再走

一颗纽扣扣在门襟上
一把大锁将古城锁在中央
三城三河
读成国字边框
读成水之城墙

即使遭遇围城
别以为断油断粮
即可轻而易举困死孤城街巷
是都市也是村庄

渠边种稻菽
坡地菜花香……

大江浇灌出富庶兴旺
宛若千里水墨长廊
你也长廊
恰似一枚小小水晶印章
钤在古运河旁

2012.10.28

孔子大讲堂

一座山的品位得以升华
凿成三十八米高的孔子
够伟够大

讲堂也扩成百亩广场
人潮翻滚
庙会般嘈杂

皆不为听课而来
"到此一游"另一版本，相机咔嚓
将自己微笑圣贤膝下——

专注俯首聆听者，有
散落讲堂依旧
毕恭毕敬且纹丝不动
跪成了石人石马……

2012.11.8

皖南西递村

大宋朝存放在这里的村庄！

历经五朝更迭
家家仍骑在马头墙上
眺望各路徽州商旅
盼儿，盼郎

户户像是屋藏千金
南墙，仅洞一叶小窗
漏进阳光……

逶迤至此的黄山
半为做伴
半为衬靓黑瓦白墙

门环依旧宋朝铁打
雨中檐口依旧叮咚回响
半滴喜悦
半滴忧伤

如今，一幅黑白版画
挂美皖南长廊

2005.5.31

中国鸽子树

两片丝绸般硕大花苞，为蕊敞怀
随风摇晃
晃出一树白鸽振翅欲翔

经度纬度温度湿度种植高度森林密度
中国独有
鸽子树

百万年根深蒂固，上上个世纪
子女从云贵川大山里飞出

就像一串串会唱歌会飞的音符
古老而不古板
飞一路，唱一路，播种一路

就连美国白宫后院那一蓬绿
鸽子也栖满一树……

人们争相引你飞至他们故里
连梦也美丽得跟你一样

珙桐的名字几乎被人遗忘

忘也为褒奖：

中国，鸽子的故乡

2012.12.25

甪直古镇

人老脱齿
你也老成一头犀牛了么？
角都脱落掉一块——

难怪不少人陌生又好奇
借助字典
才喊着你的名字走来
走进这片古老的土地……

窄窄街巷像在编织一张大网
纵横流水是线
乌篷船是织网的梭子

古木　古屋　古瓦
小桥　流水　人家
天天赶集的街市，是你
插在鬓边的花

条石铺街铺出满街竹简
整整读了两千五百年

谁也没真正读懂

2013.1.2于甪直

万盛米行

米行的大门开着
米行无米
米行的米都被古人买去
坐船走了

米行门前河水依旧人群依旧
手里都没拿买米的口袋
端着相机
要带走依恋带走记忆

我这头老牛双脚作蹄又作铧
也从街垄巷埂上赶来了
气喘吁吁
犁完地来了

米行无米却弥漫当年气候
导游小旗催也不走
在叶圣陶笔下的万盛米行，我亦
多收了三五斗　诗歌

2013.1.2于苏州

沈威峰风暴

近耄耋之龄仍不倦诗路的我，读画读意，沈威峰的画，一夜间被读成了风暴。

——题记

笔端不淌山水
也不人物
只写花的芬芳鸟的啁啾

或与凄苦童年有关
不蹈覆辙
不落窠臼
自己的路靠自己走

既开怀泼墨巨制
更精心小品出台
——小品不小

岁月钩沉，斗转星移
终迎来峻峰威仪
入围建国60位画家之圈

成了经典

拥此桂冠者都一个版本留言：
经典前面是孤寂
经典后面是难眠

不敢放过每一张宣纸追求
融西洋于中国传统
笔下的鸟，翅膀都在动
欲离纸飞去……

2013.4.27

解读《童年玩趣》

几枝墨竹伸进画面摇曳
摇出一群麻雀喳喳叽叽
千姿百态
十分得意
将赴一场觅食游戏

雨住雪霁
院子里半支着如网筛箕
中间还撒把米

先行探路的那一只
门前踟蹰亦惑亦疑：
投食还如此心计？

鸟为食亡老话当改写
警示尚未到达团队
蠹立门口作旗……

记忆乃一笔财富
不忘童年玩趣，其实

那只鸟画的就是你自己：
面对诱惑
饿死，也不进去！

解读《居高声自远》

几根柳枝被折，欲断未断
耷拉着脑袋无奈
一柱硕大黝黑太湖石太过沉重
赫然画面正中

居高的那只蝉
已爬上那棵将枯的戗天树绝顶
似一颗突兀音符
孤立无助

画的不是枯树昏鸦
秋风肃杀
不知居高的知了
有什么话要留下？

解读《矜》

不怕孤寂
也不担心孤不成章
偌大一张宣纸
只画一只小鸟

是刚捉到的一只鸟儿
放在宣纸上歇脚?
还是鸟雏喂大的喜悦
让它在宣纸上试跳?

矜而不瘝
昂首翘尾
宛若鳏寡之苦
怒目仰天呼号——

都说艺高人胆大
不大不高
怎敢如此操刀?!

眼中心中唯有这只鸟

宣纸没了，画框没了
还听到它正在鸣叫……

解读《水战图》

不是平日嬉戏
草虾举钳
鳜鱼挂剑
鲇鱼亮出大刀……

水中三剑客
悠闲中谋计略韬
不动中酝酿冲锋
为地盘更为生存
运筹一场你死我活

阵势已经摆开
谁也不肯拱手相让
个个龇牙咧嘴
剑拔弩张

如果三剑客是人呢？
亦无妨

2014.4.22

解读《六月荔枝红》

竟将南国飞马京城进贡
那个袋口缝里露出来的一枝
剪了下来

摆在宣纸上
摆出鲜嫩欲滴

不是鲜果
不是从荔枝树上刚刚采撷
哪能如杨贵妃细皮嫩肉一般
被一球球红缎子裹着？

丹青乎？
鲜果乎？
人眼难辨
虫也难辨

裹住鲜嫩裹不住甜
这不，诱来叫蝈蝈
歇在上面……

2014.4.21

解读《清供图》

一枝枇杷
三两石榴
一盆青藤
氛围十分安详
且禅味十足

空间尚余多多
何不见虔诚者双手合十
蒲团跪悟？
而后闭目端坐，左手击磬
右手将木鱼笃笃？

心律沉稳如海
茅塞顿开：
终读到画家妙笔绝彩
此景画于画框之外……

这一笔特地留给读者
无须皈依
面壁读画
即修身晋拜

解读《乾坤清气》

斗方画面上
满满当当铺陈竹海
种竹不为得竹
也不为挖笋去卖

竿竿钢铸铁灌
令人精神令人风采
清新之风竹韵徐来

脚下葱茏一片
这边嫣红，那边淡紫
烂漫出土地原本色彩

倘若人人皆为翠竹
高风亮节
若谷虚怀
绿荫如盖……

别于郑板桥竹之凝重
当墨则墨当绿则绿

你借竹坦荡胸怀，愿竹
翠绿世界

解读《仁寿图》

一向以小、精、灵走笔宣纸
鸟也可爱
花也俊俏

这一命题
却用如此大的画幅
又如此酣畅泼墨

似乎用你最大肺活量
借丹顶鹤借松树
大声疾呼：

唯仁作根
方得寿树……

解读《十里荷香》

真想走进画中一曲开怀

说画比照片还美
绝非大言
大手笔大气魄大出美轮美奂

不从百亩千亩荷田走出来
站成一个高度
洋洋洒洒，出不来
笔来，墨不来
气来，韵不来

捕捞于荷塘的十里荷香
艺术将芬芳再现
不偏红绿，不偏黑白
胸存精湛
信笔浓淡……

左上方节俭下一隅空白
任人题跋任人释诠

2013年2月7日—9日于扬州

秦皇岛外

依旧汪洋一片
诗人不见的那条打渔船
早就落帆上岸

泊于北戴河葱绿之中
船舱长成三栋楼宇
小船也扩容成十二亩地盘

如今打渔船不再出海
一拨又一拨渔夫来此撒网
打捞文学的中国梦……

东临碣石出新篇
一个叫莫言的农人之子
摘下诺贝尔文学奖桂冠

2013.5.27于北戴河

作家的家

贴在墙上的心里话：欢迎回家
和那支《常回家看看》的歌
能想，能唱，不能于行
近万名兄弟姐妹都在牵挂

二十年会龄收获十日假
萨克斯《回家》有了填词：
妈妈来到村口
站在槐树下……

回家如箭镞回炉淬火
再从门槛弦上射出去
虽不能保证指哪射哪
亦不会脱靶

北戴河创作之家
不也是文学摇篮么？
年轻的，成熟果实
年老的，摇出新芽

2013.5.28于北戴河

学太极拳

习惯了执笔稿笺
今天，却学起太极拳
笨拙如稚童般

此举依旧写诗著文伸延
院落方格地砖为纸
躯体当笔……

一群东西南北飞来的鸟
清晨聚首学拳
也算耕耘
收获笔健

2013.5.30于创作之家

山海关

一把耸天落地的瓦灰色大锁
左锁燕山山脉，右锁渤海湾

锁出关外漠北草原
锁着关内万水千山
锁住孟姜女故事不倒

关隘如此恢宏、磅礴
还须考证第几么？

硕大拱城门锁孔
每天被长龙般游人钥匙
通关开启

关山关水的山海关
也关该关的人

2013.5.31于山海关

海鲜市场

海底捞上来的琳琅满目
就地卖
沙滩成了柜台

挑选一只海螺带走
不为下锅
不为吹螺号
也不为拎走海的耳朵……

海鲜市场
海鲜卖
我来买大海

2013.6.1于老虎滩

海 笑

海的诸多表情中
最喜欢大海微笑

我也微笑
脸上笑纹和大海笑纹
重叠成《老人与海》最新版本

当游轮开始犁海
笑声即从两舷分开
左也浪花翻卷
右也浪花翻卷

不知谁在船头甲板上
两臂作海鸥展翅状"啊"了一声
水天连接处
一轮红日笑出海面

2013.6.3于游轮上

戴　河

宛若棋盘上楚河汉界
你自西而东徜徉
划分出两个板块

北戴河区临海
南戴河区也临海

南北戴河景色一样迷人
两朵胸花别在秦皇岛外

鸟瞰这片渤海湾美丽
功在你一脉血管
流出亘古风采……

2013.6.4于南戴河

拍　海

不为嬉戏，不脱鞋
浪去，拍拍沙子
浪来，拍拍大海……

朋友说我在为大海把脉

大海乃人类之母
亦我心中诗之女神

今得海边亲近
双手当膝跪拜
祈求赐韵一二
当犁，拓宽胸怀

2013.6.3乘游轮前
2013.7.15诗出

写给父亲

将自己比作父亲手里
一颗种子的那位诗人
如今，也像他父亲一样
准备撒出自己的儿女

农民父亲砸锅卖铁
把他撒向钢筋混凝土森林
生长五谷生长农夫的田野
终于长出一个大学生

如今，儿子也为人之父
或许就是那双乡间的布鞋布袜
让父亲多收获一个作家……

他无须像父亲面朝黄土背朝天
牛马般辛苦劳顿
日子如风亭檐角风铃
轻松让子女走出大学校门

钢筋混凝土夹缝中萌生

钢筋混凝土课堂同样模块
是种子蜕化？土壤板结？
乐天派父亲乐不起来——

曾为父亲手中种子
今日成了撒种子的人
吟诗思父，实为自问

2014.6.12

珍贵的取舍

切莫轻易将人生路上那一小段
取舍的美好
丢掉

黑与白
长与短
大与小

取长取黑取小
舍白舍短舍大
电影院里那场电影
最好是永远的没完没了

世界上所有人群
不论贫富贵贱，职位高低
都曾经的甜蜜和惟妙惟肖

携手的路，越长越好
相聚的夜，越黑越好
约会的巢，越小越好

也不怕夜黑碰见鬼
也不惧脚下路遥……

称作特许不二爱门，亦无不可
无须双手合十
也无须右手上下左右划十

神志从不颠倒
清醒这是一根忠诚之绳
能将珍珠、白银、黄金、钻石
如数笑纳腰包

2014.3.9

一粒玉米种子的始末

茅屋为秋风所破
你却在秋风中成熟

一粒金灿灿玉米种子
鹄望一个冬季
等大地苏醒
一头钻进母亲怀抱
生根发芽，舒肢展腰……

得阳光雨露滋润喂养
长出模样
随风晃摇
枝丫间育出众多子女
抱团而笑

待秋风掰下玉米棒当锤
将丰收之鼓擂敲
就剩下你一杆枯槁
仍笑着站在田野守望
等镰刀来齐根割倒——

一粒玉米种子的始末
就这般简单而明了

2014.3.5

茱萸湾新韵

接近耄耋之龄了
仍未见他长大
不鹤发
也不童颜
就是不肯走出妈妈膀弯
——茱萸湾

借那条由北而来
折西而去的水袖
蹈之舞之
帆影点点
虽不见渔舟唱晚
亦风光无限

名闻遐迩的港湾
山茱萸吴茱萸食茱萸家大院
今择早春重访
不为遍插
为赏春光将枝头串串芽苞
点燃——

历古历代君王
都在这里信步浏览
我等该属有幸
谁也不愿告别童年
离开母亲臂膀
弯成的摇篮……

2014.3.19

小 雨

——悼李小雨

小雨在飘
小雨在飘——

小雨如酥
小雨如蓑
经小雨润发的诗苗
经小雨培土的诗苗
经小雨鼓励而茁壮的诗苗
如今早就十年树木
屈指，足有一个军团
在这块诗之国度土地上
潮涌，浪高

经阳光折射现虹的小雨
美丽而不奢华
小雨少语
小雨含笑
小雨只懂默默奉献
总是跟着父亲的脚步

播撒诗的种子
会写诗的小雨
扶持初诗者的小雨
下了三十三年润诗的小雨
永远的小雨

此刻，窗外小雨在飘
这回不是自上而下
小雨朝天国飘去……

2015.2.16于扬州

那支老钢笔

那支老式的乌光发亮的
约莫胡萝卜粗细
金星牌金笔

旋开笔套
含金笔尖如剑似犁
秃是秃了些
照样刺破天庭
耕云播雨

笔身皮囊里有的是墨水
从不胡乱涂鸦
写天得天
写人得人
天人合一

那支老式的金星牌金笔
至今仍挂在该挂的地方
一般不拿出来

2015.3.23

丁字尺

不是铁板上钉钉
也是铁板上钉钉

不管是人还是线条
歪歪，斜斜，七横，八竖
一经与尺站在一起
立即标出旗杆
为你示出垂直人生的90度

至于旗杆上挂不挂旗
旗帜飘不飘扬
全由你自己加减乘除

2015.3.24

黑三角围巾

始终背着个脸
脖子里扎一条黑丝绸
背脊上倒挂出一个黑三角

不飘不荡
黑围巾是等边三角形
不管背后露大露小都是60度
黑土地一般

金三角银三角也没它珍贵
至于那张神秘如花容颜
自有规范：
专为一人赏之阅之

还是古人先明
将这个倒挂的黑三角奉为神圣
美成图腾

2015.4.10

痣

同披一件病号外衣
同一个志

长在女人脸上
成了宝贝，成了标志性建筑
身价早逾越只痣千金
胜过钻石

如果这颗痣长在男人脸上
可就死了外国人了
不敢碰、更不敢铲除的
一坨雀屎

2015.4.23

圆　规

常态：
双脚并拢
直挺挺平卧于
一只特制的木匣子里面

一旦有事
掀盖
立即跳将出来
进入状态：

揸开双腿
要弧有弧
要圆有圆

2015.2.19

鸭嘴笔

长一张小小的不锈钢鸭嘴
专门制图的

再大的轮船飞机航天器
由你完成最后设计
开发商造楼掘金的梦
也是你帮他们圆的

你在图纸上走出的线条
要粗则粗，要细则细
充当圆规义肢能画圆
全凭鸭嘴功力

比喻你是一片瓦，不妥
比喻你栋梁柱，也不妥

夜半听得几声嘎嘎
像在感恩人们美誉
脚蹼吧嗒：不是过谦
唐老鸭是我兄弟

2015.3.31

橡皮擦子

尽管也能在水面上漂浮
也有长，有宽，有厚
成不了方舟

一滴烛泪的凝固引发冷思考：
高尚无大小
行善就好

故，任小手大手拉来扯去
疼痛肌肤
助人擦去错处……

也有自己的格言：
磨损自己
磨亮别人

2015.3.25

砚 台

于大山一隅剥离
也算是一块小小的土地
将墨研磨出汁液
醉了万千支笔

宣纸为田
落笔播种
画室泼墨，泼出
墨山墨水墨花墨鸟墨虫墨鱼

功在墨剑磨短磨砺
狼毫羊毫
舞出黑白两道，酣畅淋漓
亮天，壮地

谁知你也藏着女性之美
与狼共舞
与羊共舞

2015.3.25

画　桌

说你是画家温室中一块自留地
亦无不妥
一年四季
种瓜得瓜
种果得果

也种花鸟
也种山水
说画家本质上依旧是一位农夫
圆其说

君不见
宣纸是薄膜
毡子是营养土……

2015.3.26

笔　架

将笔架山搬来案前
只为搁笔
不为搬山壮胆

胆在勤奋
胆在艺高
胆在登攀

总想画得一座山
不大不小不偏不倚摞在笔架上

让笔下的鸟儿，飞出
让笔下的红杏，出墙

2015.3.26

笔架山

笔架离案而去
走向了外面世界
越走越大
走成了你——万仞高山

仅只你1／N的大活人
亦无法违背这一哲理
一旦走回历史桌面
充其量蚂蚁一点……

2015.4.23

笔·笔洗

画家导演兼执笔
将你忽而蘸墨忽而蘸红忽而蘸绿
任他信马由缰
山水，花鸟，鱼虫……
跃然纸上

弄得你满头赤橙黄紫
全靠这小小洗头盆水涤尽
还你原本模样
头饰狼毫的，还以棕
头饰羊毫的，还以白

似在宣言：不是金盆洗手
宿命丹青，谁执谁蘸

2015.3.27

宣　纸

从安徽泾县竹林里飘出
被薄片成蝉翼般
切成统一大小的云
不是名片的名片
捵成一刀一刀
飘——

身价？难言
飘到王羲之手里成帖
飘至齐白石笔下
一把活蹦乱跳的虾
浮出纸面

时空？也难限
倘若重版300首线装本
让你翻阅大唐诗卷

薄如蝉翼的宣纸
命不薄

2015.3.29

画　癖

难以置信
不亲眼所见，我也不信
一个画家终生只画一虫
——河蚌

缘何？不清楚
问及，不怒不笑也不答

他不画老得发黑、干瘪
行将坠葬淤泥的
他画小小、团团、肥肥
蚌壳儿近透明、蚌肉微红的

且不厌其烦
画了一只又一只
他说，每只都不一样

买来一拨，画过，放生入河
又买来一拨，画过，放生入河

美的东西，不一定非得占有
也不宜美味
赏美，当是人性之最

你问我河蚌美在哪里？
我问谁？！

画家行为举止一切正常
递我以茶，递我以烟，笑容可掬

2015.3.28

麦　客

一节不足二尺长小木棍
在头顶上空一捣
下弦月被撑上了木柄
顺着你手臂
滑了下来

锃亮得冰清玉洁
不为其他光源折射
也非磨砺
是连片麦海的秸秆
割亮的

摄影师将你推成近景
竟推出了一座黝黑的山
令人震撼：
铁，就这样炼成了钢
树，就这般压成了炭……

而你却憨憨地笑了
一个太阳换得两张毛爷爷

皱纹成了汗水的水槽
那张熟悉的脸，依然出自
罗中立《父亲》的那把刀

2015.6.23

连枷翻飞

打麦场上
男一队
女一队
有时也男女搭配
说是干活不累

迎面而立，两队错位
情绪来了
像是二两小酒下肚
男人唱，女人和
咦啊呀的，有滋有味

也会出现独立大队
男人牵驴拉碌绕圈
麦场上圆出特大时钟盘
时针总是逆着推
像要拉着夕阳慢些西垂

女人含笑举枷
脸上只下雨、不打雷

俯冲

腾飞

单飞的孤雁也很美

2015.6.25

猴年牛语

我是一头牛
一头不啃青草的牛
一头不会拉犁的牛
一头挤不出牛奶的牛

父亲不这么认为
胃小，怎填草料？
肩塌，怎套轭头？
公牛怎成奶牛？

老实巴交不妨碍他浮想联翩：
老天赐子？牛年送牛？
三代不识字门庭
莫非时来运转？

见我惜纸如命
常用树枝在地上画猫画狗
决定：砸锅卖铁，不误牛犊
在另片土地上耕春耘秋

农忙再忙，不要我忙
农闲再闲，不让我闲
一本《三字经》开启心锁
私塾三年，不准一日无收

农家是储不住水的漏斗
上初中就卖掉了院里那头花牛
只好报考免费中专，毕业
犹如一滴水，汇入江河……

违心所学，无心造就
航海不航，倔强唱歌
一副好嗓子终于碰到伯乐
穿上军装当兵哥

当兵仍唱歌，心中织诗绸
依旧一门心思分行架拘
二十个寒暑铁马金戈
诗，倒也情真韵合

尊大众为父的牛
崇大地为母的牛
总把草尖上露珠读成泪珠的牛
醉于古运河美酒的牛

诗坛常青树？不敢当

只是一种美丽坚守
将走过的每一步逐回重嚼
反刍出新诗千首

2016.5.21

八十初度

人生七十古难酬
吾今八十仍骑自行车

天也时地也利人也和
盛世无一让你愁

乐得两个轮子转悠悠
人在画中走

古城乃我家，满街笑脸
亲朋加好友

八十初度，不朽
筋骨恰在五十出头

眼明耳聪，阔步昂首
好日子要我陪它唱新歌

2016.5.21

北京大阅兵

此刻，全世界的目光
依然如七十年前那么殷切
关注中国
关注这个曾经苦难的民族
他们收敛起焦急和诅咒
绽放出欢欣
为当年奋起抗击日本侵略者的
爷爷奶奶们呼号

慰藉昨天的英雄和先烈
孙辈们接过了他们的使命
天上，地上，海上
五十个分列方队
不光是精神抖擞，步伐整齐
伸出去——一把刀
收回来——刀入鞘
每个方阵都是铁钉钢铆
更有五十位将军领队的
将旗在飘
列队光荣和自豪

东西长安街成了世界长廊
应邀参阅的十七国军旅
或方队，或梯队，或仪仗
再现其军姿军貌
天安门城楼上参阅国总统们
或招手，或鼓掌，或微笑
向他的参阅士兵问好
每个脚步都踏出风雷
长街顿成大江大河
翻滚着呼啸波涛
汹涌着铺天大潮
谁，也阻挡不了！

摄像机镜头助我读到
幸存的俄罗斯老兵哭了
健在的中国老兵哭了
现场不少老人也哭了
泪水把当年遗存的血迹浸漂
一颗不屈的头颅
一身不甘亡国之骨
撑起心中的太阳不落

硬是用步枪、土雷、大刀
打败洋枪洋炮
武装到牙齿又能怎么样？
正义必胜邪恶

光明必胜黑暗
进步必胜反动
武器不是侵略者的救命稻草

大阅兵更是宣告
铭记历史
缅怀英烈
纪念胜利
历史就是历史
不管你承不承认
历史始终就在那里
谁也改变不了

惨遭过蹂躏的土地深深懂得
强国必强军
强军在强兵
二战档案：
中国三千五百万
苏联二千七百万
全世界为二战殒身
超过一亿条鲜活生命！

血腥过去，不容忘记
阴霾过去，不可大意
战争的达摩克利斯利剑
依然悬在人类头上

真的落下也无所畏惧
最终必将是正义胜利人民胜利
战争是炼狱
也是熔炉一尊
冶炼抵抗入侵的国柱、国魂……

中国勇于责任
更敢于担当
裁军三十万
以七十响礼炮致辞
千万只彩色气球作天语
千万只和平鸽信使飞翔
东方主战场
和平，乃中国唯一守望

2015.9.3

万福闸

当年身边的那场血光
让你哭红了眼睛哭红了江水
至今还在心中燃烧
目睹倭寇闯到家门口
践我国土毁我文明杀我同胞

万福闸
你用流着血的名字控告！

从此，总对参观者说
开闸于何年何月
已不重要
莫忘家仇国恨，还记得么？
闸前的那幕惨绝人寰惨无人道

万福闸
你用流着血的名字控告！

取名万福，福祉于民
为民而生，为民而造

凿下那笔灭绝人性的血腥暴行
就以你的名字
——存照

万福闸
你用流着血的名字控告！

别说区区七十年过去
一万年也不会忘掉
横于江中六十八组蛟龙般闸坝
犹如六十八把张开的巨型钢钳
一旦有事，出手闸死强盗

万福闸
你用流着血的名字控告！

2015.9.16

大桥记忆

就是当年我放风筝
突然一架飞机自西而东擦过
飞机飞得很矮很矮
青天白日机徽清清楚楚
甚至能看见飞行员的脸
小伢子不怕

不一会，风筝尚未收线
村东黄泥沟那边天崩地裂
爆炸炸惊整个城东乡
——大桥断了一截

无须动员，一夜间
江边堆满了圆木、门板
解放军舟桥兵打先锋
老百姓自动组成运输线……

第一次认识你就如此残缺
不残缺的是人民补天
朝霞中你又挺起身板

迎大军南下的脚步铿锵向前

弹指，六十六年
也曾经过你去里下河采摘思念
岁月未能将你朽去
彪炳你功德天齐
趁古城大喜日子，挨你身边
站出与你同名同姓的漂亮兄弟

2015.9.19

铜　牛

古城两千五百周年福寿
特地为你牵来四条牛
分列桥之两端
一左一右

像是卫桥哨位？
铜牛开口：
人民的桥梁
无须站岗

古话镇水降妖？
铜牛昂首：
年年雨顺风调
也算意思中有

鸟瞰这座地标式新桥
恰似玉带拴住大江的腰
铜牛，腰带上两组双排扣？
铜牛直点头……

2015.9.18

渔舟笙歌

站在新桥上，居高临下
我看见一片广玉兰的叶子
漂在江上

也许，画家从这里得到启廸
还需构图和设计人物么？
原本搬上宣纸，上墙

水仍在流淌
小船仍在前行，不随波逐流
按照自己认准的方向

说前天曾网获一尾大花鲢
三张毛爷爷
岸边高价争抢……

渔夫渔妇渔网
同儿时记忆里剥出来的
一样，也不一样

渔舟如笙
浅吟低唱
天天有进账的网络银行

2015.9.20

敬礼，最后一个工作日

——送市文联主席刘俊离任

总把那本"钢铁"的书
视为生命的旗
飘过少年花季
飘出青春壮丽
又，大熔炉里淬火洗礼……
做了什么？没做什么？
俄罗斯的保尔
全都看在眼里

还未顾及翻翻万年历
人生之路已走过半个多世纪
小车车轴完好辐条完好车轮完好
未倒
不倒也不让推了
五味杂陈
向最后一个工作日
——敬礼！

脚下的路

还有很长一截
总不能就此折翅坠地
重振军旅士气
不求铿锵
只为举旗
向前向前向前
大踏步向着太阳走去

2015.8.7于扬州

双龙配

去澳大利亚读书的那条小龙
毕业，又游回老家
去南京习律识谱的那条小龙
毕业，也游回老家
并非无奈

背后无山
也无人梯可爬
全凭聪颖和汗水打拼，方赢得
拥挤的天空
摘下一片彩霞……

路像两根二胡琴弦，又陡又滑
一位操弓内外
一位揉弦扶把
铿锵《光明行》
潇洒《茉莉花》

同庚于1989的两条小龙
认定红地毯还是故乡的好

连理酒也数故乡的醇
故乡如画
牵手一袭婚纱——

二分明月，烟花三月
双月为朋，天宝物华
明天的美丽自有小小金鸡报晓
龙飞凤舞
芳草天涯

2016.3.30

五十六盏金灯

——写给洛夫伉俪结婚56年

结伴人生之旅的天底下
越过一道道堤坝
合力点亮了五十六盏金灯
因为风的缘故
信是有些潦草
金灯经得住风吹雨打
依旧富丽、光华

掐断一年年的秋
离开那幅水墨微笑印章
浪迹天涯
还是那颗赤子之心
握着那支烟囱的笔
以蓝天作笺
将诗意挥洒……

耳聪目明
钻石在口袋里触手可及
总是不慌不忙

小心翼翼呵护
两颗心合成的花盆里
栽种的那株玫瑰
灿若朝霞

2015.10.28于扬州

握　手

由刀枪相向，到今天握手
久违了六十六个年头
许是等得太久太久
磁铁般不松手

怎不其乐融融？
都是炎黄子孙的手
都是一家人的手
都是打断骨头连着筋的手

黄河是襁褓
长江是母乳
华夏坚挺的屋顶
经得住任何风狂雨骤

民族之和，乃福
民族之乱，乃祸
两只手握成了一个拳头
握响一支复兴的歌

2015.11.7

兄　弟

一位从台北出发
一位从北京出发
一路上磕磕绊绊
时风时雨时雷时电
又遇扁鸦一两声怪叫
走了六十六年
终在一个海湾邻国花园广场上
会面

太阳的镜头
月亮的镜头
还有那些所谓长枪短炮
早就调整好焦距
准备向全世界发布一幅
微笑握手一分二十秒
题款为《兄弟》的
照片

2015.11.8

天籁神曲

——听昆曲版《春江花月夜》

你将那首盖全唐的孤篇
每个字都裹上最古老音符
演绎
借谢馥春香粉店的瑶池雨
流淌了出来——

二百五十二匹诗之马驹
依旧分列三十六排
每排七匹
浩浩荡荡
整整齐齐

整整齐齐
如同故乡出美女
不在穿金戴银
不在描龙画凤
全在不经意

热泪盈眶的张若虚

未曾料及千年后的故乡人
为群驹插上翅膀
穿越十几个世纪
天马邗江故里

若不是那几件标志性建筑
怎敢拥抱今日之美丽？
比大唐还大唐
睁眼审古今
比对得真谛

窗外蒺蒺朦胧细雨
像要飘出故乡的冬季
冬季不冬，老街旁琴瑟轻拨
诗也美女
曲也美女

2015.11.21现场急笔

搓衣板功能

不是专门用来罚跪的
不想跪惩
一守自律，二恪自尊

将体内排出的和外面世界的
脏，放在搓衣板上
搓揉翻滚——

还你一个缤纷世界
白的净白，黑的净黑
五彩纷呈

望着搓衣板上一条条隆起的棱
功能不只是搓垢涤尘
也搓人……

2015.12.19

柜台内外

不是马路边捡到一分钱时代
角把钱的事
卖菜的：四入三舍
买菜的坚持只入不舍
两枚角币递去——

小伙笑纳
随口谢谢
老者摇手：
你不短斤少两
我岂能缺角少分？

他还告诉年轻人
柜台内外还横着一杆秤
专称做人……

2016.1.28

扫楼梯者

连她都清楚：垃圾
必须从最高层扫起

自上而下
一级一级
不留死角
彻彻底底

再用清水冲洗
这栋楼才亮天净地

她还清楚：
扫楼梯没有一劳永逸
隔三岔五
就要用铁扫帚清理

2016.1.27

新年祝福

除夕，一位老母亲拿起手机
给她在山区农民家过年的儿子
视频祝福：肩上担子重了
注意身体
每一步都不能滑脚

大山祝福母亲健康长寿
儿子是母亲的
已准备好，将母亲的嘱咐
铺作前行的路
一步一个脚印地走下去

2016.2.8

一个美丽称谓

像是云雀婉啭着美妙之声入云
划过长空——
人们都说：好听

又像一弯清澈见底的潺潺小溪
叮咚流过——
人们都说：好听

更像一支只有三个字歌词的歌
脱口而出——
人们都说：好听

人人夸好，也就全都跟着唱起
无须谱曲，随你唱高吟低
浓情于各自的方言土语

从深山到贫困区
喊成了家里人，一个美丽
美成这块偌大土地上老少咸宜

拥有这份亲和，并非容易
朴实中彰显泥土本色
称呼蕴涵着十分敬意……

耄耋之龄也忍不住学舌一句
和声于天下
欣慰自己

2016.3.2

风雨之锤

——解读刘存惠先生《风雨荷图》

雨骤，风狂，雷炸
都斜着个翅膀
朝这块荷塘砸！

一柄柄绿伞被撕成了褴褛
一张张笑脸再不是奇葩
未被掳走的几瓣
满面血泪在花托上挂——

被折断的一根根茎杆
横七竖八
恰似一副副不屈的脊梁骨
虽失巍峨，依然挺拔

那只风雨中穿梭的翠鸟
当是画家
不亲身体验这场风雨交加
灵动水墨之渠，怎会开闸？！

诗者不懂画，却读到：
风，还在画中刮
雨，还在画中下……

2017.8.28于扬州

筑谊之旅

——王亚南、何力伉俪扬州纪行

天生一对勒勒车轮子
从腾格尔的天堂出发，下江南
滚落一个个太阳和月亮
终抵达大唐东方之都
探文友，游扬州，一举双愿

有朋自草原来，种墨情牵
正秋风又熟江南岸
不吟蒙古长调，也不扬州慢
展画，诵诗，名家会面
文化早茶，满堂笑脸

四个都是老兵，有缘
都爱水墨微笑，是禅

2018.9.16于扬州

云端那只盘旋之鹏鸟

——写给老作家许少飞

少年时就张开双翼
飞过大江
飞来古城读书识理

读成一名灵魂工程师
雏鸟般带领一届届学子
在国学大海里游弋——

闲暇也飞进诗海词林
拜谒二杜二李
深秋，独自飞往湖塘
借残荷为耳，听雨……

诗句装满《古船》
叠石叠出一本本园林专著
在书架上整齐排列

少飞，不少飞

不卸轭的一头牛，四季拉犁
同双桂巷丁宁才女枝连根系
出生润州，却把扬州当作故里

笑来生风兮，近人平易
真人，真文，真情，真语
云端那只盘旋之鹏鸟
是他向人生最高境界飞去

2016.4.8

满目清明

　　——写给老诗人关水青

关水——
杨柳青青
不关水——
水也清清

你选择了后者
从杭集出发
借古运河千里碧波托举
晋京受命
关水青
关得青春壮丽——

归来古稀
依旧平平仄仄，满目清明
发现人们爱将你名字加上三点
你欣然笑纳：
原本就是古运河里一滴水
关水清，清风送韵……

如今跨过耄耋

——一棵涅槃过的冬之银杏

关不关水，已不重要

青春不再

清白在心

2016.3.29

诗在哪里？

——写给青年诗人陈跃

你将那条洗干净的大裤衩
用一根长长的木棍撑起
里下河船家家家如此
你说：万国旗

老父亲从私塾里出来
谙熟羊毫为笔
春联，一年一度家庭书法大展
你说：开幕在除夕

专程去闽南越坎攀梯
抵达土楼，隆冬也大汗淋漓
你还是上气不接下气地说：
连呼出来的气，也是圆的——

唯真诗能走进人们记忆
也许你来自荷乡
懂得诗不光是一朵朵艳丽
更是可食的香藕和莲蓬米

所以，怎么读你都是一株荷
始终挺挺向上
根植大地
脚上沾满了泥……

2016.7.3

大国工匠

其实，人也是一部机器
你专事跌打损伤修理
匠心已经到达这一阶梯
呼你大国工匠，并非刻意

四十年潜心中华国医
你那一双神来之手
毫不逊色画家神来之笔

腰椎错位
你手按着、心看着
患者尚不知，土话"算盘珠"
已归队排列整齐——

诊治腱鞘囊肿更呼神奇
同患者家长里短，话音未落
就将它破灭

至于脊柱扭伤
你教患者举肢弯臂

几个像是体操健儿动作
就帮他解开愁眉……

科室里每天潮涌浪迭
撑起尊严的一座座顶天立地
等候你调试、护理

手到病除并非神话
不妨漫步乡间一瞥
一位面带微笑的医生为你演绎

2017.5.3

骨伤科大师

告别富春茶社东侧那条小巷
足有二十多年了吧
为了缩短你同求诊者之间距离
你离开古城最中心
——东进

当得知伤筋骨者多为农村户口
你又拱手缺口街那座医院
一步跨过古运河
——东进

而今站在汤汪乡土地上
来到病人家门前，踏实了
犀利的目光如刀
十个手指头依旧如钳——

太平洋东岸那个最富有之国
也想你大踏步插翅越洋东进
你笑笑：不东进了
就在这里服务于我的人民

名为玉麒麟

实为扁鹊弟子

见一位患者痛不堪言

一经坐在你面前，也就分把钟

露出了笑脸……

2017.5.2

存照人间

——为一位朋友诗写真

八旗之门锈死了
再推也推不开
你只好站在门外

黄浦正名了
为父最后那口气
早化作天国一朵云彩
你只好站在门外

求知遭冷眼
分配遭冷眼
供职遭冷眼
人生之旅你怎不举步维艰？！

笑比哭难
祖辈笑逐颜开的泪水
流淌到你嘴里
全变成苦涩一杯

母亲年轻的舞步
能舞动春风
却舞不动你
临终，将你关在门外
她独自转身走了……

也许，这就是命
幸得一头卷发一副好模样
为世间存照

2016.12.24

小 荷

一经拱起荷塘那片水面
你也雨后春笋般
破水而出

笋尖尖蹿高成竹，遥指蓝天
你舒展尖尖角，长大长圆
撑出一柄柄绿伞……

都说雨巷那拨摩登女郎
踩着你的荷韵才走出来的

2016.7.21

莲 花

从污泥中挺出一支支嫩绿笔杆
经阳光夜露梳理
裹出一只只饱鼓鼓笔头
兔毫、羊毫、狼毫的，都有

不要怕笔尖岔开，不书
荷韵怎踩？
也不要怕怒放后衰败，不放
莲子何来？

莲花为座，佛之物也
莲花为葩，仙子苞也
一个净字，美了世界……

2016.7.19

睡　莲

不为贪图床的舒适、柔软
亦非睡美人桂冠之光环
状若卧波而眠

为展示另一种从容和状态
领略大自然曼妙风采

出水姐妹自有出水之美
你恋湖光潋滟，嫣然
贴水面捧出笑脸……

2016.8.10

月亮的味道

十五的月亮给人太多遐思
一个亮晶晶的圆
让我嗅到了香甜

爱由下而上美味的
一弧一弧艺术成一弯下弦月
爱由上而下品尝的
也一弧一弧精致出上弦月一弯

偶遇天狗
不知天高地厚
哇唔一口，成了月食——

细嚼慢咽、悠闲自得者
整整享用了半个月
狼吞虎咽者，进快出也快
一袋烟工夫全又吐了出来……

2016.8.7

暨阳丽人

屡屡战火中将要塞担当，
险山怒浪天赐铁壁铜墙；
尔今依水凭栏眺望，
欣喜长虹长，
是你腰带飘过了江，
贯通南来北往；
难忘纱厂布厂造船厂，
早结成庞大雁群编队翱翔，
再不是小打小闹小作坊，
集团的旗帜在飘扬，
有北斗导航。

大江拐弯处你费心思量，
地处咽喉要为盛世站岗；
一旦东南有鬼玩火，
羽裳变戎装，
都是祖国手中的枪，
主权寸土不让；
前人那句经典乡愁语，
像种子播撒故里世代芬芳，

江城人有勇有谋有梦想，
不惜汗水磨墨砚，
填新词几行。

啊！华丽转身只是新起点，
江阴的山，挺拔峻峭，
江阴的水，源远流长；
江阴的地，美丽富饶，
江阴的天，湛蓝明亮。

2017.1.11

维纳斯的中国故乡

凡是生长爱的地方，
都是维纳斯的故乡。

南朝梁代昭明太子，
亲手栽种的那株树秧，
一颗颗绿豆大小的红豆，
满树玛瑙摇晃。

二十五平方公里一个小镇，
成了红豆最早出生地之壤，
读王维红豆诗的遥远，
读爱挂在树上。

生红豆的南国土地，
满目血红色一树树张望，
无一不是你的儿女，
等待采撷收藏。

江阴的小小顾山镇，
维纳斯的中国故乡。

2017.1.12

江阴要塞

曾在交战双方指挥所里，
将你呼去唤来：
江阴要塞，
你在硝烟中洗礼，
你在炮火中涅槃。

而今平湖秋月，
要塞依旧，
你美丽成一支无言的歌；
平沙不落雁，
清凌凌的水，
峻峭峭的山，
蓝个茵茵的天，
融天时地利人和于一体，
马踏飞燕。

2017.1.26

花开中国

一

从那声春雷般庄严宣告：
中国人民从此站起来了！
铁骨铮铮站起来了
威风凛凛站起来了
当家做主站起来了

还记得开国大典那天
天安门广场成了大海波涛
红旗灿若朝霞
欢呼响彻云霄
毛泽东那句湖南乡音
铿锵出民族的自豪
世界为之震惊
沉睡的东方巨龙，醒了——

二

一个民族要想站起来，很难
浴血奋战了二十八年
旗帜：铁锤镰刀
目标：埋葬一个王朝
一个民族想要富起来，更难

包裹着黑夜的统一色调
贫穷、落后的这块土地
何年何月
才鲜花簇拥、百鸟鸣叫？

更有一个饥饿的大家族
由四万万五千万
壮大成十三万万同胞
十三万万条生命和十三万万张嘴
每天都要穿暖吃饱
没有一个大德大智的英雄团队
何能掌舵撑篙？！

三
百废待兴
心中装着老百姓的共产党
不畏一穷二白
不畏路险山高
不畏浊浪滔滔
豁出命前行，引领美好——

励精图治
新生的共和国正好属牛
那就甘当一头人民之牛
一头终年不卸轭的拓荒之牛
流过血、蹈过刀山的一代天骄

何惧流汗辛劳！

四
六十九年，初心昭昭
四十年的改革开放大潮
也历经许多弯弯拐拐绕绕
敢于面对，勇于担当
矢志不移，百折不挠

撸起袖子——跨了过去
终究，春回大地
迎来一春又一春燕剪柳梢
潜深海，登太空，鼓鼓腰包
最最珍贵的
莫过于劳苦大众开心的笑……

五
福运今朝
灿烂了四海宾朋笑脸
看望中国的人群年年递增
他们干脆将自己笑容的花苞
汇入北疆南国花海里逍遥——

星星一样多的万元户和汽车轮子
走进新时代，一路飞跑
双肋生翅，心比天高

跟着共和国一起长大的那拨孩子
胸中怎不涌动感恩大潮？！

六
又甜甜美美唱起那首民族大调
《饮水不忘掘井人》
——小时候妈妈教的那支歌谣
他们清清楚楚听到看到
自己也切身体验到
五彩缤纷的雄鸡版图
那声春雷最新版本只动了一个字：
中国人民从此富起来了

花开天时
花开地利
花开人和
花——开——中——国！

2018.7.3